AF200726

André Pfeifer

UB 1
Eine Geschichte vom Bau

André Pfeifer wurde 1968 in Weimar geboren und arbeitete von 1992 bis 1998 im Straßen- und Tiefbau. Während der Winterpausen unternahm er seine ersten Abenteuerreisen. Von Alaska bis Australien besuchte er viele Länder unserer Erde und hatte prägende Erlebnisse in unberührter Natur und in anderen Kulturkreisen.

Seit er im Jahr 2007 zu schreiben begann, fließen diese Erlebnisse in seine Fantasy-Romane und Erzählungen ein.

Im vorliegenden Buch dreht sich nun alles um den Straßen- und Tiefbau.

André Pfeifer

UB 1
Eine Geschichte vom Bau

Bibliografische Information der Deutschen Nationalbibliothek:
Die Deutsche Nationalbibliothek verzeichnet diese Publikation
in der Deutschen Nationalbibliografie; detaillierte bibliografische
Daten sind im Internet über www.dnb.de abrufbar.

© 2020 André Pfeifer

Umschlagbild:
Seilzugbagger UB 80

alle Fotos von André Pfeifer

Herstellung und Verlag:
BoD – Books on Demand, Norderstedt

ISBN 978-3-7519-0212-0

Dieses Buch ist meinen
ehemaligen Kollegen gewidmet.

Und allen Arbeitern,
die bei Hitze, Kälte,
Regen oder Matsch dafür sorgen,
dass wir Telefon, Internet,
Strom, Gas und Wasser haben
und sich die sprichwörtliche Scheiße
nicht bis in die Bäder staut.

Vielen Dank für eure Arbeit!

Spitzschaufel, mancherorts als UB 1 bezeichnet

Liebe Leser,

eigentlich ist UB die Abkürzung für Universalbagger. Diese Bagger wurden seit den Fünfzigerjahren vom Betrieb NOBAS in Nordhausen in der ehemaligen DDR gebaut und hatten zweistellige oder dreistellige Bezeichnungen, z.B. UB 80 oder UB 161. Mit fortschreitender Entwicklung bekamen sie vierstellige Bezeichnungen, z.B. UB 1212. Daran angelehnt bekam eine Schaufel für die sozusagen geringste Entwicklungsstufe die Bezeichnung UB 1.

Wenn zwischen Kabeln oder Leitungen nicht mehr mit dem Bagger gearbeitet werden konnte, kam UB 1 zum Einsatz. Von 1992 bis 1998 hatte auch ich oft genug eine Schaufel in der Hand. Ich arbeitete als Tiefbauer, Vorarbeiter und Polier, und konnte somit beim Schreiben dieses Buches auf eigene lustige oder dramatische Erlebnisse zurückgreifen, um diese dann maßlos zu übertreiben und noch allerhand hinzuzufügen.

Somit ist die folgende Erzählung ein Werk der Dichtkunst. Alle Geschehnisse und Namen entspringen meiner Fantasie und Ähnlichkeiten mit tatsächlichen Ereignissen oder Personen sind natürlich reiner Zufall.

Ich wünsche euch nun denselben Spaß beim Lesen, den ich beim Schreiben hatte!

André Pfeifer
Juni, 2020

André Pfeifer

Kanalbau in der Nähe von Magdala (Thüringen).

Eins

„Moin. Hab verschlafen." Mit zerknautschtem Gesicht kam Helmut zur Tür herein, stand da wie ein Häufchen Unglück und kratzte sich verlegen am Kopf.

Seine Kollegen erwiderten den kurzen Gruß.

„Moin. Setz dich." Der alte Erich Glockner brummte vor sich hin und nickte in Richtung von Helmuts Stuhl im Gemeinschaftsraum der kleinen Baufirma. Immerhin waren jetzt fünf seiner sechs Mitarbeiter zur Arbeit erschienen.

„Kaffee?" Gerhard hob die Kaffeekanne wie einen Pokal in die Höhe.

„Hmm." Schwerfällig nahm sich Helmut eine der leeren Tassen, die verkehrtherum in der Mitte des Tisches standen.

Gerhard grinste und schenkte ihm die Tasse randvoll.

Auch Lothar und Edmund grinsten und nippten an ihren Tassen.

„Bist nicht der Letzte." Egon nahm sein Handy vom Ohr. „Bodo geht nicht mal ans Telefon. Gab wohl gestern was zu feiern." Er lachte vor sich hin.

Auch Edmund musste plötzlich lachen, hatte aber den Mund voll Kaffee und spuckte ihn zurück in die Tasse.

Die fünf Männer grölten los und das gemeinsame Lachen hob endlich die gedrückte Stimmung.

Nur Erich Glockner lachte nicht. „Also, wenn ihr keinen Bock mehr habt, braucht ihr's bloß zu sagen. Dann mach ich den Laden zu und Feierabend! Da könnt ihr euch das Arbeitsamt mal von innen angucken. Mensch, wir sind Deutsche. Da kommt man pünktlich zur Arbeit. Das gehört einfach dazu!"

Lothar grinste in sich hinein. Der Alte kam gern mal ins Erzählen. Vielleicht konnte er ihn noch ein wenig anstacheln. „Und was ist mit deinem Baumeister, der erst um neun kommt?"

Egon hatte den Spitznamen „Baumeister" für Erichs Bürohilfe und Ersatzbauleiter eingeführt. In Wirklichkeit hieß er Hans. Er war schon über fünfzig und arbeitete nur halbtags.

„Seid froh, dass wir den haben. Mit seinen drei, vier Stunden am Tag kann er meinetwegen kommen, wann er will. Wenn der nicht wäre, hätte ich die Bude schon längst zugemacht." Erich winkte ab und seufzte. „Aber wir Alten müssen wohl die Fahne noch 'ne Weile hochhalten, wenn von der Jugend nicht mehr viel kommt …"

„Haha, ich denke nur an die Handlampe, die du letzten Sommer angeheuert hattest." Helmut war jetzt wach und fand seinen Humor wieder. „Handlampe" war ein Ausdruck für junge Bauhelfer, die auch bei einfachsten Arbeiten stets Anleitung brauchten.

„Erinner mich nicht daran." Eigentlich wollte Erich jetzt die Leute einteilen, aber er ließ sich nochmal hinreißen. „Dem hätte man einen Besenstiel in seine

Schaufel reinmachen können, den hätte er nicht abgebrochen. Und dann Rückenschmerzen, ich frag mich nur wovon, und ständig der Jammer wegen der Hitze und plötzlich war er krank und nicht mehr gesehen. Mensch, als wir jung waren, gab's keine Grenzen, da wollten wir zeigen, was in uns steckt. In der DDR, als Lehrlinge bei der Wasserwirtschaft, Mann, wieviele Löcher haben wir damals mit der Hand ausgebuddelt? Von wegen Rückenschmerzen! UB 1 und los! Da gab's noch Wettstreit, wer schneller war. Und dann wollten wir alles wissen. Unsere Lehrmeister waren manchmal ganz schön genervt, wegen der Fragerei, aber wir wussten bereits im zweiten Lehrjahr, wo die Hauptleitungen liegen und die Abstellschieber sind." Erich lachte kurz auf. „Als der alte Karl-Heinz damals mit dem Bagger einen Hydranten weggeruppt hat und das Wasser zwanzig Meter hoch in die Luft sprudelte und dann wie ein Sturzregen beim nächsten Haus auf's Dach und in den Schornstein rein, dass es in der Küche den Ruß aus dem Herd spülte, da rannten Kalle und ich sofort zum Feldrand, weil wir wussten, wo der Abstellschieber war. Die Schieberkappe zugewachsen und festgerostet, der Schieber schwergängig wie Sau. Zu zweit haben wir den Schieberschlüssel gedreht und das Wasser abgestellt. Wir waren fix und alle und sahen aus wie die Schweine nach der Suhle. Fragt heute mal einen der studierten Bereichsleiter. Mit ihrem Markierspray sprühen sie Striche auf die Straße, wo die Leitung liegen soll. Und wo war sie, Lothar?"

11

„Ha, einen Meter entfernt im Grünstreifen! Und wir hätten beinahe die Asphaltstraße aufgestemmt."

„Na gut, Schluss mit den Geschichten. Was geht heute? Lothar und Helmut, LKW, Thermofass drauf, Asphalt holen und die Löcher in der Engelsgasse zumachen! Guckt genau hin beim Tok-Band an den Rändern, lasst es ein Stückchen überstehen, damit die Fuge nach dem Abrütteln ordentlich zu ist, nicht wie in der Malzstraße, da gab es schon wieder Diskussionen bei der Abnahme."

Helmut klang etwas kleinlaut. „Wir haben kein Tok-Band mehr …"

„Na, vom Mischwerk was mitbringen."

„Da gibt's keins mehr."

„Ihr wart doch noch gar nicht dort."

„Ich meine, die verkaufen keins mehr."

„Wie, nie mehr, für immer?"

„Rentiert sich nicht mehr, haben sie gesagt."

„Wann, vor zwei Wochen?"

„Hmm …"

„Vor zwei Wochen? Und das sagt ihr erst heute!? Mann, was machen wir denn jetzt? Ich werde noch wahnsinnig." Der Alte schlug die Hände überm Kopf zusammen.

„Können wir nicht wieder bei Schachtbau was borgen?"

„Na freilich! Die denken auch wir sind Penner. Jede Woche borgen wir dort irgendwas aus."

„Schick doch den Baumeister, wenn er nachher kommt, der hat doch mal dort gearbeitet."

„Hans? Der soll sich eigentlich um unsere Zahlen kümmern, ein spitzer Bleistift hat schon immer das meiste Geld gebracht." Erich verzog das Gesicht. „Naja, ich lass mir was einfallen. Macht ihr erstmal los. — Egon und Edmund, ihr verfüllt den Graben mit der Gasleitung in der Pappelallee. Guckt nochmal hin, dass genug Sand auf der Leitung liegt. Dann holt ihr die Erdrakete für den letzten Hausanschluss, ähm, … Hausnummer sieben. Da muss ich nicht noch mal rauskommen! Ihr schießt vom Kopfloch in der Straße bis ins Kopfloch am Haus. Achtzig Zentimeter tief. Unter dem Fußweg und unter dem Vorgarten durch. Da kann nicht viel passieren."

Oder doch? Eine Erdrakete wird durch Druckluftstöße durch das Erdreich getrieben, wie wenn man einen Nagel ins Holz schlägt. Poch, poch, poch. Sie ist vielleicht zehn Zentimeter im Durchmesser und einen Meter lang. Erich kannte die Baustelle. Da war nur guter Boden. Kein Fels oder andere Hindernisse unter der Erde, die die Rakete ablenken könnten, wie damals in Kiesfelde, als sie nach oben abdriftete und aus einer Blumenrabatte herauskam.

Hinter der Rakete schiebt man ein Leerrohr durch den von der Rakete geschaffenen Hohlraum und kann später Kabel oder Leitungen durch das Leerrohr schieben. Das ist einfacher, als einen Graben zu schachten.

„Die Luftdruckschläuche ordentlich festmachen, dann das Ding gerade ansetzen und los! Und einer bleibt dabei und horcht, wie sie sich durch die Erde hämmert. Wenn da was im Weg ist, hört ihr das am

Klang und ihr spürt auch die Vibrationen unter der Erde, ob sie gerade läuft, oder abdriftet."

Erich kam sich manchmal vor wie im Kindergarten, aber es war ihm egal, ob seine Leute genervt waren von seinen ständigen Wiederholungen. Er wusste, dass sie manchmal nicht von der Wand bis zur Tapete denken konnten. „Alles klar?" Er sah Edmund und Egon an.

Edmund musste grinsen. „Jaja, wie bei den Regenwürmern."

Erich blickte genervt an die Decke. Dann wandte er sich an Gerhard. „Auch wenn Bodo nicht kommt, kannst du schon mal das Pflaster vom Fußweg rausnehmen, drüben in Rohrlingen, wo wir den Stromanschluss machen sollen. Nimm Absperrzeug mit und Baustellenschilder und so."

Die Männer standen auf und wollten los. Wie schon oft hatten sie jede Menge Dreck aus dem Profil ihrer Arbeitsschuhe verloren und wollten sich davonstehlen, bevor der Chef es bemerkte. Doch Erich starrte bereits auf den Fußboden. Alle hielten die Luft an. Gerhard steuerte verlegen den Besen an, der in einer Ecke stand.

Aber Erich blieb friedlich. „Lass nur. Ich mach das nachher. Geht ihr mal an eure Arbeit." Dann lachte er kurz auf, als er an früher dachte. „Unser Bauwagen damals in der Lehre hat geglänzt. Mit euren Schuhen wärt ihr da nicht reingekommen." Sein Blick schweifte durch den Raum. „Mann, hier sieht's aus …"

„Ist ja auch kein Bauwagen." Lothar versuchte noch einmal, ein Gespräch anzufangen. „Und du bist kein Lehrling mehr."

„Und ihr seid nie welche gewesen. Und jetzt raus hier!"

Aber Edmund, der erst ein Jahr bei ihnen arbeitete, wollte noch etwas wissen. „Der Bauwagen in der Ecke vom Bauhof. Ist das der von damals?"

„Tatsächlich! Den hab ich mitgenommen, als ich mich später selbständig machte. Sozusagen als Abfindung."

„Ist aber nicht mehr so sauber ..."

Jetzt hatte der Alte genug. „Nun aber los. An die Arbeit, Leute! Wofür bezahl ich euch?"

Und Lothar spöttelte beim Rausgehen. „Schickimicki könnt ihr zu Hause machen!"

Dann stolperten sie hinaus in den Morgen und die Tür fiel hinter ihnen zu.

Erich atmete auf. Endlich Ruhe. Er war langsam zu alt für den Job. Eigentlich könnte er sich auf seinen Ruhestand vorbereiten.

In seinen besten Jahren hatte er sich selbständig gemacht und die kleine Baufirma aufgebaut. Sie schachteten Gräben und Kopflöcher für Strom- und Gasversorgungsfirmen und für die Wasserwirtschaft. Die konnten dann ihre Kabel oder Leitungen verlegen und anschließen und die Firma Glockner füllte alles wieder zu und brachte Straßen, Fußwege und Grünanlagen in Ordnung. Und dann gab es noch genügend Privatkunden, die den Hof oder eine Terrasse gepflastert haben wollten. Aufträge gab es genug, doch das ganze Drumherum mit der Bürokratie wurde immer schlimmer.

Aber Erich hatte nur noch die Arbeit, nachdem seine

Frau gestorben war, auch wenn vieles an seinen Nerven zerrte. Er schnappte sich den Besen und begann zu kehren. Sein Blick fiel durch die offene Bürotür auf den Stapel Post neben seinem Schreibtisch. Ihm graute es davor, aber er wusste, dass der Stapel von allein nicht kleiner werden würde.

Also begann er nach dem Kehren mit dem Öffnen der Briefe, doch mit jedem Schriftstück, das zum Vorschein kam, sank seine Laune tiefer in den Keller. Rechnungen von Steinbrüchen und Kiesgruben, Baustoffhändlern, Maschinenvermietungen und Werkstätten und …

„Das kann doch nicht wahr sein!"

Ein Schreiben vom Amt für Statistik mit Androhung einer Geldbuße von fünfhundert Euro, wenn er der Aufforderung zur Angabe von Jahresbilanzen und Mitarbeiterzahlen nicht nachkäme. Er erinnerte sich an den ersten Brief vor einigen Wochen, den er zerknüllt und mit den Worten „Als ob wir nichts anderes zu tun haben!" in den nächsten Papierkorb befördert hatte.

Er legte den Zettel auf den Schreibtisch von Hans. Sollte der sich damit beschäftigen …

Der nächste Brief gab ihm dann den Rest. Ein Schreiben vom Gericht bezüglich der Pfändung seines Mitarbeiters Edmund Straub wegen nichtbezahlter Schulden bei einer Bank. Erich begann zu kochen. Was ging ihn das an, zum Kuckuck nochmal!? Es ging ihn gar nichts an, aber sie wollten einen Teil von Edmunds Lohn pfänden, und zwar bevor Erich ihn auf dessen Konto überweisen würde!

Jetzt reichte es ihm. Er klatschte das Schriftstück mit geöffneter Hand auf Hans' Schreibtisch und verließ mit einem derben Fluch das Büro, um beim Bäcker erstmal frische Semmeln zu holen.

*

Der Einkauf der duftenden Backwaren hatte sein Gemüt beruhigt und Erich freute sich auf's Frühstück, als er aus dem Auto stieg. Er blieb schlagartig stehen. Vor seiner Bürotür stand eine Frau mittleren Alters. Recht hübsch, aber mit einem irgendwie verzweifelten Gesichtsausdruck.

„Kann ich Ihnen helfen?" Freundlich ging Erich auf die Frau zu.

„Ich suche Herrn Glockner."

„Sie haben ihn gefunden."

„Ich … äh, also …" Die Frau kam ins Stocken.

„Kommen Sie erstmal rein." Drinnen bot er ihr einen Platz an. „Möchten Sie einen Kaffee?"

„Nein, danke. Ich komme wegen Bodo. Er kann heute nicht auf Arbeit kommen."

Der alte Glockner war plötzlich voller Sorge. „Ist ihm was passiert?"

„Nein. Naja, irgendwie doch. Da kam gestern ein Brief vom Gericht. Er soll für zwei Wochen ins Gefängnis, wenn er seine Schulden nicht bis nächste Woche bezahlt. Aber er hat doch keinen Cent übrig …"

„Und? Wo ist er jetzt? Hat er sich nach Italien abgesetzt?" Die schlimmsten Gedanken schossen Erich durch den Kopf.

„Nein, nein, er ist zu Hause. Aber als er gestern den

Brief gelesen hatte, fing er wieder an zu trinken." Die Frau begann zu schluchzen. „Ich wollte ihn nur für heute entschuldigen, aber …"

„Machen Sie sich mal keine Sorgen." Erich war so was von erleichtert. Mit diesem Problem konnte er umgehen. Hauptsache Bodo kam morgen wieder auf Arbeit. Verdammt! Es gab einfach keine gescheiten Leute auf dem Arbeitsmarkt. „Ich komme nachher mal vorbei."

„Und Sie werden ihn nicht entlassen?"

„Nein, nein, ganz bestimmt nicht. Er ist ein prima Baggerfahrer. Also bis nachher."

Erleichtert und unendlich dankbar verabschiedete sich die Frau.

Erich dachte an Edmunds Pfändung, die er ja auch noch an der Backe hatte. Was für Pappnasen! Gute Arbeiter, wenn es darum ging, in Dreck und Matsch zu stehen, aber mit Geld konnten sie nicht umgehen. Einzig für Alkohol und Zigaretten war immer was übrig.

Der Brötchenduft holte Erich aus dem dunklen Abgrund seiner Probleme zurück. Er hatte die Tüte, die den Duft verströmte, schon in der Hand, da öffnete sich die Tür und Hans kam flotten Schrittes herein. Er war nicht so viel jünger als Erich, aber schlank und sportlich und voller Tatendrang. „Wer war denn das gerade?"

„Die Frau von Bodo."

„Ich denke, der ist geschieden?"

„Oder halt Freundin, was weiß ich?"

„Und?" Hans begann zu grinsen. „Wollte sie für ihn nach mehr Lohn fragen oder Urlaub?"

„Hat ihn nur entschuldigt."

„Verdammt. Ist er krank?"

„Nee, besoffen."

„Besoffen?" Hans musste lachen „Wie das?"

„Lange Geschichte. Ich fahr nachher mal hoch zu ihm." Dann schaute Erich auf die Uhr an der Wand. Kurz vor acht. „Wieso bist du schon so früh da?"

„Muss pünktlich Schluss machen. Hab eine Verabredung zum Tennis, kurz nach Mittag."

„Kurz nach Mittag?" Erich lachte vor sich hin und schüttelte dann den Kopf. „Da werde ich hier im Büro sitzen. Ich glaube, ich mache irgendwas falsch."

„Ja, aber Millionen da draußen auch." Hans nickte Richtung Tür.

„Auf dem Schreibtisch liegen ein paar nette Briefchen vom Statistikamt und einer Richterin. Musst du mal beim Lohnzentrum anrufen, wegen der Zahlen. Ich mach erstmal Frühstück."

Hans schüttelte den Kopf. „Können wir uns auch mal um die Arbeit kümmern?"

Erich legte die geöffnete Brötchentüte auf den Tisch und steuerte den Kühlschrank an. „Ach so. Fahr mal zuerst zu Schachtbau rüber. Wir haben kein Tok-Band mehr. Ob sie uns nochmal welches verkaufen? Bring gleich ein paar Kartons mit, am Mischwerk gibt's keins mehr. Das kannst du dann anschließend in die Engelsgasse bringen. Dort brauchen sie's."

Schon machte sich Hans auf den Weg. Neben dem Bürogebäude stand ein alter kleiner Renault. Das war Hans' Firmenwagen. Wasserstedt ist nicht allzu groß und im Nu hatte er die Kleinstadt durchquert. Als er auf das Betriebsgelände der Schachtbau GmbH abbog, fiel sein Blick auf den alten gelben Seilzugbagger, der seit der Firmengründung neben dem Bürogebäude stand. Ein UB 80, gebaut 1968 in den NOBAS Werken Nordhausen, der Baggerschmiede der ehemaligen DDR. Der Ausleger überragte das Bürogebäude. Der Baggerlöffel war so groß wie Hans' Renault.

Die BMWs der Geschäftsleitung, neben denen Hans parkte, waren doppelt so groß wie sein Renault. Hans kroch aus dem Auto und verglich es mit den schicken BMWs. „Ich glaube, wir machen da was falsch." Er murmelte vor sich hin und ging zum Haupteingang. Schwungvoll öffnete er die große Glastür und trat ein. Auf dem Flur war sein ehemaliger Bauleiter mit dem Werkstattmeister im Gespräch.

Hans nickte der Sekretärin am Empfang zu und flüsterte einen Guten-Morgen-Gruß.

Sie kannte ihn, lächelte und machte eine Geste, dass es wohl noch eine Weile dauern würde.

Hans bekam den Rest der Unterhaltung mit.

„... die haben doch einen großen Bauwagen dort, da können locker zwei Kolonnen frühstücken."

„Es ist wegen der Raucherei. Der Conrad hat's doch so mit seinem Sport. Er möchte einen Nichtraucher-Bauwagen, da er genau weis, dass Henris Truppenteile zum Rauchen nicht rausgehen."

„Mensch, wir haben grad keinen. Bei dem einen haben ein paar Halbstarke am Wochenende die Scheiben eingeschmissen, die reparieren wir gerade, und bei

dem anderen sind immer noch die zwei Löcher im Fußboden, weis nicht, wie die das hingekriegt haben …"

Das war Hans' Stichwort. Er hatte eine Idee. „Moin.
Verzeihung, ich hab das grad mitbekommen. Wir können euch einen Bauwagen borgen."

„Wirklich?" Der Werkstattmeister war erleichtert.

Der Bauleiter war noch nicht ganz überzeugt. „Der
von der Wasserwirtschaft, hinten bei Erich auf dem
Bauhof?"

„Bisschen eingestaubt, aber sonst in Ordnung." Hans
nickte dem Bauleiter zu.

„Wirklich? Nicht wie eure anderen Maschinen?"

„Nein, nein, wir benutzen den ja nicht, bei unseren
Kleinbaustellen."

„Die Reifen verlieren keine Luft, die Elektrik funkti-
oniert, die Heizung auch?"

Hans grinste. „Es ist Sommer … Aber ja, muss nur
'ne volle Gasflasche rein."

„Okay. Was möchtet ihr im Gegenzug von uns? Du
bist doch nicht zufällig hier." Auch der Bauleiter grinste.

„Wir brauchen Tok-Band und würden das gern
immer von euch beziehen. Mit Rechnung und so. Im
Mischwerk verkaufen sie keins mehr."

„Na, das sollte kein Problem sein."

Der Bauleiter und Hans plauderten noch ein wenig
von früheren Zeiten.

„Kommst dann rüber, Hans." Der Werkstattmeister
steuerte die Glastür an. Er verließ das Gebäude und
ging über den Hof Richtung Werkstatt, da kam einer
ihrer Transporter durchs Tor.

Der Meister blieb stehen wie vom Blitz getroffen. Er wusste nicht, ob er lachen oder sauer sein sollte. Vor dem Kühler des Transporters, wo der Mercedes-Stern war, hing das verrostete und verbogene Vorderrad eines Kinderfahrrads, mit Draht ordentlich festgebunden.

Schmutzlers Henri hielt ruckartig an und sprang aus dem Wagen. „Siehst du das? So einen Blödsinn machen die den ganzen Tag. Hast du mal 'ne Drahtschere?"

Der Meister fing nun doch an zu lachen. „Und deshalb kommst du hierher?"

„Ihr könnt das ruhig mal sehen. Drei Tage bin ich so rumgefahren, sagen sie. Da hätte sonst was passieren können, wenn das abfällt oder so."

„Drei Tage? Und du hast das nicht bemerkt?"

„Ich guck doch nicht ständig um's Auto rum."

Der Meister holte einen Seitenschneider aus der Tasche und schnitt den Draht durch.

„Ist das euer neues Firmenzeichen?" Grinsend stand Hans auf einmal neben ihm.

Der Meister zeigte unter das Schleppdach am Ende des Bauhofs. „Da hinten in den großen Kartons ist jede Menge Tok-Band. Fahr hin, lad ein, was ihr braucht, und komm dann nochmal rein." Dann sammelte er den Draht ein, hielt das abgeschnittene Rad hoch und schaute Henri an. „Wo ist das eigentlich her?"

„Was weiß ich? Am Rand unserer Baustelle war wohl mal eine Müllhalde. Wer weiß, was die da noch alles finden? Ein Lehrling ist ja zu verkraften, aber zwei …"

„Sonst noch was?" Der Meister ging mit Rad und Draht zum Schrottcontainer hinter der Werkstatt.

„Ja, wir brauchen noch einen Wackerstampfer."

„Fahr hinten zum Rolltor, der alte Ewald gibt dir einen raus." Dann ging er durch die Seitentür ins Werkstattgebäude.

Dieselbe Tür öffnete Hans, nachdem er das Tok-Band eingeladen hatte. Ein schmaler Flur, dann links eine Tür zum Frühstücksraum. Hans trat ein und sah sich um. Keiner da. Klar. Die Wanduhr zeigte erst halb neun. Einzig die Kaffeemaschine gurgelte schon vor sich hin. Darüber hing ein Schild an der Wand.

Arbeit warte, wir kommen bald.
Unsere Kaffeemaschine wird niemals kalt!

Hans lachte vor sich hin, da hörte er Ewald im Flur schimpfen.

„So ein Leckarsch." Ewald kam herein, um nach dem Kaffee zu schauen.

Hans grinste. „Ich wünsch dir auch einen Guten Morgen."

„Mensch, Hans, Moin! Was machst'n du hier?"

„Wir hatten ein Problem. Aber ihr wohl auch?"

„Ach, hör bloß auf. Der Henri ist ein Vogel. Holt sich einen zweiten Wackerstampfer. Ich sage, ihr habt doch einen. Er fragt, was mich das angehe. Möchte wetten, der andere ist kaputt, aber er traut sich nicht, ihn reinzubringen. Bei denen in Rohrlingen geht ständig was kaputt, sind ganz schön tief mit ihrem Kanal, über vier Meter, da rutscht immer mal eine Grabenwand ein und wieder ist Werkzeug weg. Ein Glück, dass noch keiner der Kerle drunterlag. Der Henri hat keine Ahnung vom Tiefbau, wie man Gräben sichert, mit Verbau arbeitet und so. Und dann die Leitungen und Schächte … Krumm und schief. Der macht viel Pfusch. Die Kerle erzählen, auf seiner letzten Baustelle in Sandhain gibt es einen vier Meter tiefen Abwasserschacht, der ist so schief, da muss man schräg reingucken, damit man das Gerinne sieht. Und wenn man einen Kieselstein reinfallen lässt, fällt der nicht mit Plätschern in die Rinne und schwimmt mit der Scheiße davon, sondern streift den Rand vom Schacht. Fünfzig Zentimeter aus dem Lot!"

„Aber die Straße ist doch schon fertig."

„Na klar. Das hat der einfach so gelassen. Und dann schiebt er seinen Mist immer auf die anderen. Er hätte es nicht gewusst. Haha. Das sieht man doch, wenn das Schachtunterteil schief sitzt. Und natürlich wird der Schacht mit jedem Ring, den man aufbaut, immer schiefer. Und bei vier Meter Tiefe, sieben Ringe …"

Hans legte einen Fünf-Euro-Schein auf den Tisch. „Hier, für eure Kaffeekasse." Und mit Blick auf den Spruch an der Wand. „Sogar mit Holzrahmen. Ihr habt Stil. Und? Was sagt der Meister zu dem Spruch?"

„Haha. Der hat den selbst aufgehängt. Seine Frau hätte den Spruch aus ihrem Büro mitgebracht. Arbeitet im Landratsamt. Der hing nicht lange dort. Irgendwann hat sich einer aufgeregt und sie mussten den Spruch abhängen."

„Na, ich muss dann mal weiter." Hans klopfte Ewald auf die Schulter. „Mach's gut!"

„Mach's besser. Der Meister ist nebenan."

Hans holte sich den Lieferschein für das Tok-Band, besprach die Sache mit dem Bauwagen und lachte mit dem Werkstattmeister noch einmal über den Spruch. Dann verließ er die Werkstatt und blieb überrascht stehen.

An seinem Auto lehnte eine Frau um die vierzig. Dunkle Haare zu einem Pferdeschwanz gebunden, schlank, kariertes Hemd, Jeans, feste Schuhe. Ein ungewöhnliches Bild. Hans' Miene erhellte sich.

Die Frau löste sich mit einem Lächeln vom Auto und kam auf Hans zu. „Hallo. Mein Name ist Scybalski, ich bin hier Bauleiterin."

Hans lächelte zurück. „Aber noch nicht lange."

„Ein paar Monate."

„Aha. Okay. Ich bin Hans. Wir sind doch hier auf dem Bau, oder?"

Sie hielt ihm die Hand hin. „Okay. Victoria."

„Alles klar, Victoria." Hans schüttelte ihr die Hand und lachte. „Und wie kann ich dir jetzt helfen?"

„Ähm, ich brauche ein Auto von euch."

Hans blickte an ihr vorbei zu seinem Renault. „Aber nicht das. Das willst du nicht wirklich." Er begann wieder zu lachen und zeigte mit dem Daumen über die Schulter zum Bürogebäude. „Haben die dir noch keins gegeben?"

„Doch, klar. Es ist kompliziert."

Hans nickte ihr aufmunternd zu und machte eine erwartungsvolle Geste mit den Händen.

„Die Wiesenstraße in Sandhain. Übermorgen haben

wir Gesamtabnahme, Kanal und Straße. Sieht eigentlich ganz gut aus, aber ein Kanalschacht …" Sie zögerte und zweifelte plötzlich an der ganzen Idee.

Hans nickte verständnisvoll. „… ist total schief. Und wenn die zur Abnahme den Kanaldeckel aufmachen, brauchen die keine Wasserwaage, um zu sehen, wie schief."

Victoria war baff. „Ist das schon Stadtgespräch?"

„Buschfunk. Keine Sorge, ich erzähl's nicht weiter." Er neigte den Kopf etwas zur Seite. „Und? Wie ist die Zusammenarbeit mit Henri?"

Victoria war noch einmal überrascht. Hans schien ja alles zu wissen. Sie fing sich schnell wieder. „Frag nicht. Das war nur diese eine Baustelle mit ihm. Ich glaube, die wollten mich testen." Sie deutete mit dem Kopf zum Bürogebäude. „Eine Frau auf dem Bau. Erst mal sehen, was sie kann …"

„Und wozu jetzt das Auto?"

Victoria schaute Hans etwas verlegen an. „Naja, der Schacht liegt etwas außerhalb der Mitte der Straße. Man könnte dort ein Auto parken, das mit einem Rad auf dem Kanaldeckel steht. Dann bekommen sie den zur Abnahme nicht auf. Das kann natürlich kein Firmenwagen sein, also … Bist du dabei?" Sie hatte ihr Lächeln wiedergefunden.

Hans schüttelte den Kopf und lachte. „Das ist doch nicht deine Idee."

„Nein, Henris. Ich hatte fast den Eindruck, dass er so was schon öfter gemacht hat."

„Alles klar. Morgens ab acht Uhr? Früh genug?"

„Ja. Die Abnahme ist um zehn. Es ist der Schacht vor Haus Nr. 12."

„Du holst mich dort ab?"

„Klar. Dann bring ich dich zu deinem Büro und nachmittags wieder zu deinem Auto."

Hans blickte sich übertrieben vorsichtig um, als ob sie belauscht würden. „Ich warte in Sandhain an der Bushaltestelle an der Hauptstraße, damit wir nicht zusammen am Tatort gesehen werden, einverstanden?"

Victoria lachte erleichtert. „Einverstanden. Bis Donnerstag."

Sie verabschiedeten sich, Hans brachte das Tok-Band in die Engelsgasse und fuhr noch einmal durch die Pappelallee.

Der Bagger stand, die Männer rauchten, aber als sie Hans' Auto erblickten, bewegten sie sich wieder.

Gut! Hans fuhr zum Büro und machte sich über den Papierkram her.

Nach einer Stunde kam Erich zurück von Bodo.

Hans schaute durch die offene Bürotür. „Und, wie schlimm ist es?"

„Der ist voll wie 'ne Haubitze. Aber morgen kommt er wieder. Der Schnaps ist nämlich alle und ich hab ihm versprochen, dass ich seine Schulden erstmal bezahle. Da war er vielleicht erleichtert. Ich zieh ihm den Betrag ratenweise ein paar Monate lang vom Lohn ab."

„Das mit dem Tok-Band hat geklappt. Ich wollte denen im Gegenzug unseren Bauwagen borgen. Der steht doch sowieso nur in der Ecke rum. Ist das okay? Ist der in Ordnung?" Hans hielt die Luft an. Er hoffte, dass der Bauwagen nicht doch irgendwelche Mängel hatte.

„Die Reifen werden nicht mehr viel Luft haben und Gasflasche ist auch keine drin. Aber sonst ..." Erich stutzte. „Haben die keinen eigenen?"

„Alle kaputt."

„Ha, und da lachen die immer über unsere Technik." Erich setzte sich an seinen Schreibtisch und machte sich an die Überweisungen.

Hans telefonierte mit dem Werkstattmeister. Dann packte er seine Sachen. „Ich fahr zum Bauhof, die holen den Bauwagen gleich ab. Und dann mach ich Schluss für heute."

„Ja, bis morgen." Erich schaute nicht einmal von seinem Computer auf. Der Stress hatte ihn im Griff.

„Bis morgen." Und Hans war zur Tür hinaus.

Zwei

Rohrlingen lag etwa zwölf Kilometer östlich von Wasserstedt. Seit Beginn der Bausaison erschloss die Schachtbau GmbH am Ortsrand ein Gewerbegebiet. Das war Henris Baustelle.

Conrad stand mit seinem Baggerfahrer Erik und einem Lehrling an einem Grabenrand. In über vier Meter Tiefe lagen die Steinzeugrohre für das Schmutzwasser. Die Leitung zog sich bereits durch das gesamte

Gewerbegebiet. Der Graben war bis auf das Stück, an dem Conrad mit seiner Truppe stand, komplett verfüllt. Neben dem Schmutzwasserkanal verlief der Regenwasserkanal. Er lag nur zweieinhalb Meter tief und war im Moment noch fünfzig Meter kürzer.

Conrads Truppe beobachtete eine Weile Henris Leute, die mit einem ziemlich großen Kettenbagger versuchten, weitere Betonrohre des Regenwasserkanals neben dem bereits fertigen Schmutzwasserkanal in die Erde zu bringen. Der Kettenbagger hob einen neuen Graben für die Regenwasserrohre aus.

Drei Meter schachten, die Gründung aus Magerbeton vorbereiten, ein drei Meter langes Betonrohr von anderthalb Meter Durchmesser mit dem Bagger in den Graben hinunterlassen und vorsichtig ablegen. Dann mit viel Gefühl mit dem Baggerlöffel und einem zwischengelegten Kantholz das neue Rohr mit dem Rohrende in die Muffe des bereits liegenden Rohres schieben. Hört sich einfach an, ist es aber nicht.

Conrads Truppe beobachtete, wie das Betonrohr wieder aus dem Graben gehoben wurde. Es schaukelte zwei Meter über dem Graben an einem Stahlseil in der Luft. Unten im Graben, genau unter dem tonnenschweren Rohr korrigierten zwei Arbeiter die Gründung aus dem Magerbeton.

Conrad hob die Hände vor's Gesicht. „Ich kann gar nicht hingucken."

Erik schüttelte den Kopf. „Der Dämel im Bagger macht seinem Namen wieder alle Ehre. So dick wie faul. Braucht nur mal ein Stück zur Seite zu schwenken und schon leben die Leute im Graben nicht mehr so gefährlich." Dann drehte er sich zum Lehrling um. „Steffen, sieh genau hin! Niemand ist unnütz. Er kann immer noch als abschreckendes Beispiel dienen! Wenn du so einen Mist mal bei mir beobachtest, schnauzt du mich ordentlich an und dann besorgt ihr mir einen Platz im Altersheim."

„Da hinten bauen sie eins." Conrad grinste und zeigte zum Rand des Gewerbegebietes, das seit einem halben Jahr von der Schachtbau GmbH erschlossen wurde. „Ist doch ´ne schöne Gegend hier, mit dem ganzen Matsch."

„Aber das bleibt doch nicht so, oder?" Steffen sah sich fragend um und bemerkte Eriks Geste nicht, der sich mit der flachen Hand vor die Stirn schlug und die Augen verdrehte.

In der Ferne stand tatsächlich ein Baukran, obwohl weder Straßen noch Fußwege fertig waren. Und in der Mitte der Matsch- und Schotterlandschaft entdeckte Conrad Henris großen Bauwagen und einen Werkzeugcontainer. Daneben stand eine Palette mit Steinzeugrohren für das Schmutzwasser. Schachtteile aus grauem Beton lagerten neben dem Container. Auch sie waren für den Schmutzwasserkanal. Schachtunterteile mit fertigem Gerinne, Schachtringe von einem halben Meter Höhe und einem Meter Durchmesser und ein paar konische Ringe, die sich von einem Meter Durchmesser auf sechzig Zentimeter verjüngten, damit oben ein Kanaldeckel draufpasste.

Der Kanaldeckel ist das einzige, was man vom Kanal in der fertigen Straße sieht. Straßenbauer und Pflasterer können selbst Jahre später mit ihren Familien die Straßen und Fußwege bewundern, die sie mitgebaut haben. Vom Tiefbau bleibt keine Spur. Alles unter der Erde.

Conrad beobachtete zwei Lehrlinge, die neben dem Container mit bituminösem Isolieranstrich Schachtteile und Konusse schwarz strichen.

Erik schüttelte den Kopf. „Ist eigentlich gar nicht mehr nötig, das Schwarzmachen. Der Beton ist mittlerweile so gut, da gammelt in Jahrzehnten nichts."

„Es gibt halt immer noch Projektanten, die das so haben wollen." Dann schweifte Conrads Blick zu einem Schachtunterteil, sechs Schachtringen und einem Konus, die mit Matsch beschmiert, in wilder Formation neben ihnen am Grabenrand herumstanden. „Und nun kommen wir zum Thema Samstagsarbeit, von der ich denke, dass sie nichts bringt. Wenn man sich nämlich am Wochenende schön ausgeruht hat, kann man von Montag bis Freitag mit guter Laune eine ganze Menge schaffen, und baut vor allem nicht soviel Mist." Conrad vergewisserte sich, dass sein Lehrling auch zuhörte und fuhr fort. „Henris Leute sollten unbedingt am Samstag den Schacht noch setzen. Er ist nötig, weil die Straße einen Rechtsknick macht. Aber wenn man dann vom Schacht weiterlegen würde, wäre daneben kein Platz mehr für den dicken Regenwasserkanal. Das ist gestern zum Glück jemandem aufgefallen und sie haben den Schacht wieder abgebaut. Heute ist Dienstag und die Rohrleitung ist nicht länger als sie am Freitag war." Jetzt unterstrich Conrad seine Worte, indem er in den Graben und dann die Straße hinauf zeigte. „Wir werden also erst noch ein Rohr dranlegen, zweieinhalb Meter lang, und dann den Schacht setzen. Damit ist hier genug Platz für den Regenwasserschacht und mit der Regenleitung haben sie keine Probleme." Er sah Erik und Steffen an. „Und damit Henri weniger Stress hat und sich nur noch um seinen Regenkanal kümmern muss, legen wir weiter bis zum Ende."

Erik sah Conrad verschmitzt an. „Nicht, dass wir keinen Mist bauen …"

Conrad grinste. „… aber wir haben erst letzten Monat zwanzig Meter Regenwasserkanal wieder aufgenommen und fünfzig Zentimeter tiefer neu verlegt, weil ich mit dem falschen Höhenpunkt nivelliert hatte. Also rein statistisch läuft der Rest vom Jahr prima." Dann wandte er sich dem Lehrling zu. „Jeder macht mal irgendwas falsch, aber es darf nicht zur Gewohnheit werden. Und! Du musst das sofort sagen oder korrigieren. Ganz wichtig, glaub mir, gerade im Tiefbau lässt sich später nichts mehr ändern."

„Oder es wird schweineteuer." Dann zeigte Erik mit einem Mal die Straße rauf. „Da kommt unser Bauwagen. Da können wir erstmal Mittag machen."

„Der ist blau. Der ist nicht für uns."

„Ist aber unser LKW, der ihn zieht …"

Es war der geborgte Bauwagen von Erich Glockner. Platz suchen, abhängen und mit den Stützen gerade ausrichten. Der Lehrling grinste, als Conrad über die kleine Treppe hineinstieg und tatsächlich die Wasserwaage auf den Tisch legte.

Erik lachte. „Damit in der Pause sein Obst nicht vom Tisch rollt."

„Bei dem Staub rollt hier gar nichts." Conrad suchte einen Lappen und schaute sich im Bauwagen um. Plötzlich verharrte er in der Bewegung und starrte an die Wand neben der Tür.

Erik und Steffen beobachteten von außen, wie Conrad etwas las, denn seine Lippen bewegten sich ein wenig. Währenddessen erhellte sich seine Miene bis er zu lachen begann.

Die beiden stürmten in den Wagen und wollten sehen, was Conrad entdeckt hatte. Es war ein hellblaues Pappschild mit einem etwas längeren Spruch in schwarzer Computerschrift. Jemand hatte es sorgsam neben der Tür an die Wand geklebt. Conrad las laut vor und sie lachten gemeinsam.

„Der Spruch stammt wohl noch aus Erich Glockners alten Tagen." Erik nahm die Wasserwaage vom Tisch und stellte sie in eine Ecke.

„Seitdem hat anscheinend keiner mehr hier gefrühstückt." Conrad entstaubte Tisch und Bänke und öffnete dann das schmutzige Schiebefenster. Das heißt, er schob die rechte Seite des zweigeteilten Fensters vor die linke. Da war es jetzt doppelt so schmutzig, aber rechts schien auf einmal die Sonne in den Wagen und machte den Staub sichtbar, der in der Luft tanzte. „Ich mach hier kurz vor Feierabend mal richtig sauber. Jetzt muss es erstmal reichen."

Sie packten ihre Brotbüchsen aus. Conrad legte einige Äpfel, Orangen und Bananen auf den Tisch.

Steffen stellte ein Glas Gewürzgurken in die Mitte. „Die schaffe ich nicht alle, könnt ihr gern mitessen."

Währen des Essens schaute jeder der drei immer mal wieder auf die Worte an der Wand.

„An dem Spruch ist wirklich was dran." Conrad warf einen Apfelgriebs aus dem Fenster.

Der Lehrling schaute fragend hinterher. Dann flog der nächste durchs Fenster. Nach dem dritten Apfelgriebs traute sich der Lehrling, doch mal zu fragen. „Was ist denn hier mit Umweltschutz? Ich meine, Maschinen abstellen, wenn man sie nicht braucht, vorsichtig mit Öl, Diesel und Benzin, und nichts im Graben versenken, Absperrband, leere Hülsen aus der Fettpresse und so, alles klar. Aber die Apfelgriebse sind doch auch irgendwie Müll?"

„Biologisch abbaubar. Genau wie das hier." Erik grinste, schüttete den abgestandenen Kaffee aus seinem Becher den Apfelgriebsen hinterher und schraubte dann seine Thermoskanne zu.

Conrad deutete aus dem Fenster auf die alten knorrigen Apfelbäume zwischen eingewachsenem Müll am Rand ihrer Baustelle. „Siehst du die Bäume dort drüben? Apfelgriebse gehören hierher." Dann packte er Apfelsinen- und Bananenschalen in seine leere Brotdose. „Die hier nicht, die nehme ich wieder mit." Conrad stand auf. „Also los!, Dann wollen wir mal sehen, ob wir das mit dem Schacht hinkriegen."

*

Am nächsten Tag zur Frühstückspause herrschte regelrechtes Gedränge vor Conrads blauem Bauwagen.

Aber nicht, weil der Wagen und die Fenster unnatürlich sauber waren, sondern wegen des Spruchs an der Wand. Es hatte sich irgendwie herumgesprochen und auch Henris Leute wollten den Spruch mal lesen. Einer nach dem anderen stolperten sie die Treppe hoch in den Bauwagen rein. Sie lasen, lachten herzhaft und verloren jede Menge Dreck von ihren Schuhen. Dann polterten sie wieder heraus.

„Wir sollten Eintritt nehmen." Erik grinste, schwang den Besen und kehrte den Dreck mit soviel Schwung zur Tür hinaus, dass Steffen zur Seite springen musste, um nichts abzubekommen.

Sie frühstückten, scherzten, lachten und fischten die leckeren Gurken aus Steffens Glas.

Nachdem Erik die letzte herausgeangelt hatte, nahm Steffen das Glas mit dem verbliebenen Gurkenwasser und fragte ganz nebenbei. „Biologisch abbaubar?"

Conrad schaute kurz hin. „Nur der Inhalt."

Dann schüttete Steffen das Gurkenwasser aus dem Fenster. Für ihn sah es aus, als wäre es offen. Die Scheiben hatte Conrad am Vortag so klar geputzt, dass der Unterschied zwischen geöffnetem und geschlossenem Fenster wohl nicht ganz offensichtlich war. Jedenfalls war die Scheibe noch zu und der Schwall Gurkenwasser spritzte zurück in den Raum. Jeder bekam etwas ab, Brotbüchsen standen unter Wasser und Eriks halbleerer Kaffeebecher war wieder voll.

Conrad spuckte das Stück Banane, das er im Mund hatte, zurück zu den Schalen und dem Gurkenwasser in seiner Brotbüchse und lachte los.

Erik verschluckte sich fast an der letzten Gewürzgurke. „Bist du blind, Mann? Was für eine Sauerei!"

Steffen saß da wie versteinert. Das leere Glas noch in der Hand starrte er auf das Fenster. An der Scheibe liefen die letzten Tropfen Gurkenwasser ab. Senfkörner und Gewürze klebten am frisch geputzten Fenster. „Ich dachte es sei offen ..."

Conrad und Erik konnten sich nicht mehr halten. Ihr Lachen übertönte das Geräusch, mit dem sich die Tür plötzlich öffnete.

Ihr Bauleiter stand im Raum. „Hab ich was verpa..." Dann starrte er auf das Fenster und das leere Glas in Steffens Hand. „Leute, der Bauwagen ist nur geborgt!"

Steffen begann, eine Entschuldigung zu stammeln.

Conrad nahm ihm das Wort ab. „War meine Schuld, hätte die Fenster nicht putzen sollen." Dann wechselte er schnell das Thema. „Also, Wilhelm, was gibt's Wichtiges, dass du dich zu uns in den Matsch wagst?"

Auf dem Bau sagte man „du" auch zu den Bauleitern. Das unterstützte irgendwie den Gedanken, dass man gemeinsam etwas schaffen wollte.

Es ging um die Termine, darum, dass Conrads Truppe erst den Schmutzwasserkanal fertigbauen sollte und dann, obwohl sie eine Tiefbautruppe war, mit dem Straßenbau anfing. Bordensetzen und Pflastern der Fußwege im unteren Bereich des Gewerbegebietes, wo Wasserleitung, Gasleitung und alle möglichen Kabel schon unter der Erde waren. Conrad und Erik blinzelten immer wieder zu dem Spruch an der Wand. Den musste Wilhelm nicht unbedingt zu sehen bekommen.

„Der Bruno kommt nächste Woche auch mit her. Damit sich Henri nur noch um seinen Regenwasserkanal kümmern muss."

„Bruno?" Conrad überlegte, wer das sein sollte.

Erik war am längsten im Betrieb. Er kannte Bruno seit der Firmengründung. „Der Leutnant."

Conrad kannte von vielen nur die Spitznamen. Er rollte die Augen. „Na, der fehlt hier noch."

Bruno war Major bei den Bausoldaten in der ehemaligen DDR gewesen. Aber von der früheren Zackigkeit war nicht mehr viel übrig. Es hieß, er schiebe seit der Wende eine ruhige Kugel. Viele meinten, der Titel „Major" stehe ihm nicht zu, und so nannten sie ihn „Leutnant".

„Wie auch immer ..." Wilhelm sah Conrad ernst an. „... er hat die Pläne und ihr helft ihm, so gut ihr könnt. Einverstanden?"

„Klar doch." Conrad hatte stets mit allen gut zusammengearbeitet, auch wenn ab und an etwas schiefging und manche Poliere nicht mal einen Schachtschein lesen konnten. Er selbst machte auch genug Fehler. „Shit happens" war Conrads Standardspruch aus seinem geliebten Amerika. „Scheiß passiert."

Sie plauderten noch ein wenig mit Wilhelm, dann stand Conrad auf und meinte, dass sie weiterarbeiten müssten. Er versuchte, Wilhelm aus dem Bauwagen zu lotsen, aber der sah sich noch einmal gründlich um.

„Hätte nicht gedacht, dass der alte Glockner so einen ordentlichen Bauwagen hat." Das letzte Wort blieb ihm fast im Mund stecken, als er doch den Spruch entdeckte.

**Wir, die guten Willens sind,
geführt von den Ahnungslosen,
versuchen für die Undankbaren
das Unmögliche zu vollbringen.**

**Wir haben schon so lange
mit so wenig so viel bewerkstelligt,
dass es uns nun möglich ist,
mit nichts alles zu erreichen.**

Wilhelm stand da, wie vom Blitz getroffen. Er las die Worte ein zweites Mal. Conrad und Erik begannen zu grinsen und der Lehrling musste sich ein Lachen verkneifen.

Bevor Wilhelm etwas falsch verstehen konnte, kam ihm Conrad zuvor. „Lass nur die Projektanten diesen Spruch nicht sehen. Wir sind doch guten Willens, Wilhelm, oder etwa nicht?"

Wilhelm lachte vor sich hin. „Genauso kenn ich den alten Glockner!"

*

Conrads Truppe kam gut voran mit dem Schmutzwasserkanal. Sie waren um die Ecke rum und schon etliche Meter weit die Straße hoch. An der Kreuzung mit der Gartenstraße würden sie nächste Woche das Ortsnetz neu einbinden und die ganzen Abwässer flössen dann durch das Gewerbegebiet zur neuen Kläranlage, die schon fertig war.

Kurz vor Feierabend kam jemand schnellen Schrittes von der Kreuzung her die Straße herunter. Es war Gerhard von der Firma Glockner, der mit Bodo in der Gartenstraße an dem Stromanschluss arbeitete. Er hatte es furchtbar eilig.

Erik belud mit seinem Bagger einen LKW mit Aushub, den sie nicht wieder einbauen wollten. Er schaute über die Schulter, bevor er den vollen Baggerlöffel herumschwenkte und stoppte.

Gerhard lief ohne zu schauen oder irgendwie zu verstehen, dass hier gearbeitet wurde, an dem LKW und Eriks Bagger vorbei und fragte Steffen, der am Grabenrand stand, nach einer Leiter.

Steffen brachte vor Überraschung kein Wort heraus. Gerhard war von oben bis unten mit Matsch beschmiert und klitschnass. Er sah aus, als hätte ihn jemand mit dem Gartenschlauch vollgespritzt.

Erik wollte schon anfangen zu meckern, weil Gerhard ohne zu schauen in seinen Schwenkbereich gelaufen war, doch ihm kam erstmal das Lachen. „Bullenhitze heute, was? Aber deswegen gleich mit Klamotten duschen …?"

„Können wir mal eure Leiter borgen?" Gerhard zeigte auf die Leiter, die ein Stück aus dem Grabenverbau herausragte.

Conrad kam soeben auf dieser Leiter nach oben und grinste. „Ich denke, ihr macht einen Elektroanschluss? Achzig Zentimeter tief. Wozu braucht ihr da eine Leiter?" Conrad wusste immer, wer sonst noch in der Nähe arbeitete und was sie machten. Konnte manchmal hilfreich sein.

Gerhard war ganz außer Atem. „Mensch, wir haben die Gasleitung gekreuzt, die lag zwar tiefer, aber wir haben sie trotzdem irgendwie angekratzt. Die wollten das reparieren, brauchten aber nach jeder Seite noch einen Meter Platz für ihre Pressen, mit denen sie die Gasleitung zusammendrücken, damit sie in Ruhe dazwischen arbeiten können. Und wie wir da freimachen, haben wir den Hausanschluss von der Wasserleitung erwischt. Und nun sind wir doch anderthalb Meter tief."

„Wir sind hier vier fünfzig tief, die Leiter brauchen wir wirklich selber. Aber frag mal die Leute vom Henri, dort hinten um die Ecke."

Gerhard hetzte weiter und sah hinter der Hausecke, wie ein großer Kettenbagger gerade den Löffel absetzte. Henris Leute räumten gemütlich das Werkzeug zusammen. Eine Leiter konnte Gerhard nicht entdecken. Er beobachtete aber, dass die Arbeiter das Werkzeug in den Graben hinunterreichten. Als er näherkam, krochen sie aus der bereits verlegten Rohrleitung und krabbelten unbeholfen die Böschung herauf.

„Hallo! Können wir von euch mal eine Leiter borgen?"

„Wer seid ihr denn?"

„Firma Glockner, wir arbeiten vorn im Ort. Wir haben da einen Notfall."

„Freilich. Wenn sie morgen früh wieder da ist."

„Klar." Gerhard war so was von erleichtert, konnte aber keine Leiter entdecken. „Und wo …?"

„Unten im Kanal. Wir verstecken dort das Werkzeug, da brauchen wir's nicht zum Container rübertragen und morgen früh wieder her. Legst sie wieder dort rein, wenn ihr fertig seid."

„Alles klar. Danke!" Zuversichtlich stieg Gerhard die Böschung in den Graben hinab. Er schritt gebückt von der Grabensohle in die riesige Leitung hinein. Anderthalb Meter Durchmesser. Wahnsinn. Was für Rohre! Mit einem Mal war es ziemlich dunkel. Gerhards Augen gewöhnten sich langsam an die Dämmerung und er erblickte die Leiter weiter hinten. Er machte zwei Schritte und stieß mit den Schienenbeinen an etwas Hartes. Flaschen klimperten, er stolperte hin und her und fluchte.

Gerhard sah nach unten. Vor ihm stand ein Kasten Bier. Aber die Freude wich aus seinem Gesicht. Die Flaschen waren allesamt leer. Doch seitlich dahinter stand noch ein Kasten mit vollen Flaschen. Gerhard machte große Augen und bekam sofort höllischen Durst. Aber er riss sich zusammen. Dann stieg er mit der Leiter über der Schulter aus dem Graben. „Was habt ihr da unten noch alles versteckt?"

Der Baggerfahrer war der letzte, der mit seiner Kühltasche den anderen zum Bauwagen folgte. Er grinste. „Bei der Hitze bleibt's schön kühl da unten und es sieht nicht gleich jeder."

Gerhard stand Schweiß auf der Stirn und im Mund lief ihm das Wasser zusammen. „Wenn wir's euch bezahlen, können wir uns nachher mal einen Schluck genehmigen?"

„Klar. Aber lasst noch was übrig. Schönen Feierabend!"

„Für uns noch nicht. Aber für euch! Mach's gut und Danke nochmal."

*

Erich Glockner saß mißmutig in seinem Auto und war auf dem Weg nach Rohrlingen. Er hatte keinen Bock mehr. Ein einfacher Elektroanschluss an einem Eigenheim, der sowieso nicht viel Geld einbrachte, und nun das. Gasleitung angekratzt. Wasserleitung zerrissen. Es war abends halb sechs und er hatte immer noch nicht Feierabend. Er dachte an Hans, der jetzt vermutlich in seiner Hängematte lag und ein Buch las oder mit dem Mountainbike durch den Wald fuhr oder Tennis spielte.

Na gut, bei dem Gedanken an Sport bei dieser Sommerhitze wollte er doch nicht mit Hans tauschen. Aber vielleicht mit den Leuten, die in dem Biergarten saßen, an dem er gerade vorbeifuhr. Eigentlich hatte er doch ausgesorgt und könnte die Firma dichtmachen. Aber er musste immer wieder an seine Leute denken. Ob die wirklich irgendwo anders unterkämen. Er war schon sehr nachsichtig, bei dem ganzen Mist, den sie manchmal verzapften. Und da war er wieder, hier in Rohrlingen, bog in die Gartenstraße ein und sah seinen gelben Minibagger am Straßenrand vor einem nicht abgesperrten Kopfloch stehen. Die Tür offen, der Baggerlöffel zumindest neben dem Loch auf der anderen Grabenseite abgesetzt. Kein Mensch zu sehen.

Erich schaute ins Loch hinein. Die Gasleitung und die Wasserleitung waren repariert, der Elektroanschluss war auch fertig. Aber weder Sand drauf, noch zugefüllt oder abgesperrt. Und von seinen Leuten keine Spur. Erich blickte sich um.

Im Haus brannte Licht. Die waren bestimmt eingeladen worden und machten drinnen eine Pause. Er wollte schon zum Eingang gehen, da bemerkte er den vielleicht zehnjährigen Jungen, der über dem Nachbarzaun lehnte. Erich kam sich total komisch vor, nach seinen Leuten zu fragen.

Der Junge grinste und meinte, sie wären mit einer Leiter die Straße runter und dann links abgebogen.

„Mit einer Leiter?" Erich sah den Jungen durchdringend an, hatte aber nicht den Eindruck, veralbert zu werden.

„Ja, wirklich."

Also fuhr er die Straße runter und bog um die Ecke. Er blieb vor einem Bauzaun mit Sperrschild stehen. Weiter hinten stand ein gelber Bagger mit der Aufschrift „Schachtbau".

Erich stieg aus dem Auto und fluchte vor sich hin. Er passierte den Bagger und sah eine Leiter, die aus einem Grabenverbau herausragte. Von seinen Leuten keine Spur. Das kann doch nicht wahr sein. Na gut, nur noch ein Blick um die Ecke. Und dann hörte er Gequatsche und Gelächter. Unweit stand noch ein Bagger von Schachtbau. Erich ging an den großen Antriebsketten vorbei und starrte in den Graben. Vor Jahren noch hätte er sofort losgebrüllt, aber jetzt stand ihm nur der Mund offen.

Vor einem riesigen Rohr saßen Bodo und Gerhard jeder auf einem Bierkasten und schlugen sich vor

Lachen auf die Schenkel. Sie schwenkten Bierflaschen, prosteten sie sich zu und tranken in vollen Zügen.

Gerhard blinzelte über seine Flasche hinweg. Er sah Erich mit offenem Mund am Grabenrand stehen. Gerhard verschluckte sich und musste husten, hatte aber schon genug getrunken, um nicht vor Scham im Boden zu versinken. Er winkte mit seiner Flasche. „Erich! Mensch, komm runter! Die von Schachtbau geben einen aus."

Bodo drehte sich erschrocken um und blickte Erich an, als hätte er einen Geist gesehen.

„Merkt ihr's noch! Der Bagger offen, kein Sand auf den Leitungen, nicht abgesperrt!"

„Lothar hatte schon Feierabend gemacht. Er sagte am Telefon, er bringt uns gleich morgen früh 'ne Fuhre Sand."

„Und? Wollt ihr jetzt bis morgen früh hier trinken, oder was?"

„Nein, so lange reicht das Bier nicht."

Erich stand am Grabenrand und wusste nicht, was er sagen sollte. Er wusste es wirklich nicht. Waren seine Leute die größten Deppen auf dem Bau? Oder waren Menschen wie er und, was hatte Hans gesagt, Millionen andere da draußen die wahren Deppen, die vorbildlich zur Arbeit rannten, Geld verdienten für das Finanzamt, für Versicherungen, Immobilienhaie, Telefon- und Internetgesellschaften und Automobilhersteller, um dann krank zu werden mit Burn-out oder Herzinfarkt?

Sollte man wirklich nur Teilzeit arbeiten, um mehr

Zeit für Familie und Freunde zu haben, oder für Sport, wie Hans? Sollte man lieber mal nicht nachdenken und einfach das Leben genießen, bevor es vorbei war oder im Altersheim stattfand? Sollte man wirklich die Feste feiern, wie sie fielen, so wie Bodo und Gerhard hier?

Verdammt, ja!

Und mit diesem Gedanken stieg Erich in den Graben hinunter, nahm Platz auf der Bierkiste, die Bodo ihm anbot, und ließ sich von Gerhard eine Flasche geben.

Bodo setzte sich auf den unteren Rand vom Rohr. „Hoch leben alle Brauereien!" Er hielt seine Flasche in die Mitte und Erich und Gerhard stießen an.

Als der Mond aufging, war das Bier alle und sie wurden von Gerhards Frau abgeholt. Sie war auf der anderen Seite der Baustelle an Henris improvisierter Absperrung vorbeigefahren und stoppte neben dem Graben. Erich ließ einen Zwanzig-Euro-Schein auf den wieder im Rohr versteckten leeren Bierkisten zurück und krabbelte auf allen Vieren hinter Bodo und Gerhard aus dem Graben heraus.

Gerhard öffnete dankbar die Autotür und begrüßte seine Frau. „Gertrud, du bist die Beste!"

„Lass uns erstmal zu Hause sein ..." Eine leichte Drohung lag unter Gertruds Worten.

Erich kletterte auf den Rücksitz. „Das war rein geschäftlich, Frau Brink. Eine wichtige Arbeitsbesprechung."

Während Gertrud schwer beschäftigt war, beim Wenden das Auto nicht im Graben zu versenken, versuchten ihre drei Passagiere, den Schlager aus dem Radio mitzusingen.

*

Am nächsten Morgen wollte der LKW für Conrads Bauabschnitt rückwärts von der Gartenstraße in die Baustelle einbiegen. Er kam nicht weit und blieb halb auf der Kreuzung stehen.

Wo er gestern angehalten hatte, um die Absperrung beiseitezurücken, stand ein silbergrauer Skoda SUV mit offener Fahrertür. Hermann stieg aus seinem LKW und sah sich um. Vom Fahrer keine Spur. Aber der Schlüssel steckte im Zündschloss. Er sah, wie Erik von seinem Bagger her auf ihn zukam. Hermann hob den Arm zum Gruß und zeigte auf den Skoda. „Moin, gehört der Kerl zu euch?"

„Moin. Nicht dass ich wüsste."

„In eurem Graben liegt er auch nicht?"

„Sah nicht so aus." Dann stutzte Erik. „Das ist doch das Auto vom alten Glockner, die haben dort vorn eine Baustelle." Er ging bis zur Ecke und spähte die Gartenstraße hinauf. Es war niemand zu sehen. „Wer weiß, wo die sind? Abgesperrt ist auch nix. Chaoten!" Dann wandte er sich an Hermann. „Ich fahr die Kiste zur Seite, wir können hier nicht ewig warten."

Während sie die Fahrzeuge rangierten, fuhr ein älterer, unrasierter Mann mit einem klapprigen Fahrrad vorbei. Er trug eine alte Hornbrille, deren Gläser Hermann so dick wie Flaschenböden vorkamen. Am Lenker hing ein Stoffbeutel. Leere Flaschen klimperten, als der Beutel wiederholt an Gabel und Rahmen des Fahrrads schlug.

Herrmann grinste aus dem Fenster seines LKW. „Der hat ja beizeiten schon Durst. Ist heute bestimmt der erste an der Tränke."

Erik begann zu lachen. „Oder gestern der letzte …" Er ging in Richtung seines Baggers.

Herrmann fuhr lachend rückwärts in die Baustelle hinein.

Das Scheppern, als der Radfahrer in Gerhards und Bodos ungesicherte Baugrube stürzte, hörten sie nicht.

Im selben Moment kam Lothar mit der Fuhre Sand die Straße entlanggefahren. Er hielt neben der Baugrube hinter Bodos Auto, das seit dem Vorabend auch noch dort stand. Lothar hatte Bodo und Gerhard mitgebracht. Die beiden stiegen auf der Beifahrerseite aus und hörten verzweifelte Rufe aus ihrer Baugrube.

„Ach, du Scheiße!" Erschrocken starrte Gerhard in das Loch.

Bodo war Angst und Bange zumute. „Verdammt, wir hatten gar nicht abgesperrt."

Im Graben lag ein altes Fahrrad auf der Seite. An der tiefsten Stelle kroch ein Mann auf allen Vieren zwischen Gas- und Wasserleitung herum. „Meine Brille! Wo ist meine Brille?"

Lothar war herbeigeeilt. „Deine Brille?"

„Ja, meine Brille!" Der Mann suchte mit den Händen den Grund ab. „Seht ihr sie irgendwo?"

Lothar begann zu lachen. „Du kannst keine Brille aufgehabt haben, wenn du am hellerlichten Tag hier reinfällst."

Bodo und Gerhard lösten sich aus ihrer Starre und

mussten auch erstmal lachen. Dann stiegen sie schnell in den Graben hinab und halfen dem Mann heraus.

Lothar hatte die Brille schon gefunden, gab sie ihm aber erst, nachdem sie auch sein Fahrrad geborgen hatten. „Alles in Ordnung?"

Der Mann setzte die Brille auf und schaute zuerst in seinen Beutel hinein. Wie durch ein Wunder waren alle Flaschen noch heil. Er atmete erleichtert auf. „Danke. Vielen Dank! Das ist heutzutage nicht mehr so selbstverständlich, dass einem jemand hilft."

„Schon gut. Schönen Tag noch." Lothar musste sich das Lachen verkneifen.

„Euch auch!" Und der Mann radelte zielstrebig die Straße entlang.

Bodo und Gerhard atmeten hörbar aus. „Du meine Fresse, das hätte böse enden können."

„Ihr Penner!" Lothar hielt die Arme fragend in Richtung der Baugrube. „Schon mal was von Absperren gehört?"

„Haben wir gestern irgendwie vergessen."

„Wie das, Mann?"

„Lange Geschichte."

Drei

Am selben Morgen fuhr Hans mit seinem alten Toyota Pick-up nach Sandhain. Der rostige Wagen war vermutlich einmal rot gewesen, er hatte große Stollenräder und war fast so hoch, dass man darunter sitzen konnte. Wie mit Victoria vor zwei Tagen besprochen, bog Hans in die Wiesenstraße ein und suchte das Haus Nr. 12. Dort parkte er mit dem linken Vorderrad auf dem besagten Kanaldeckel. Er stieg aus, schloss sorgfältig ab, ging ums Auto herum zum Bürgersteig und wollte sich gerade aus dem Staub machen, da hörte er eine Stimme hinter sich.

„Da können Sie nicht so einfach stehenbleiben." Eine ältere Frau lehnte über einem Federbett, das aus dem Schlafzimmerfenster im ersten Stock hing.

Hans erschrak. „Wieso denn nicht?"

„Na, Sie wohnen doch nicht hier?"

„Und?"

„Na, wir mussten für die Straße bezahlen."

„Sie meinen die Straßenausbaugebühren?" Hans schätzte kurz die Grundstücksgröße ab. „Sechs- bis siebentausend Euro?"

„Es war noch etwas mehr." Die Frau nickte und kam sich ziemlich wichtig vor.

Hans zuckte mit den Schultern. „Tja, Verbrecher

haben heute nicht immer Skimasken auf und schwarze Handschuhe an, die meisten tragen schicke Anzüge und statt im Gefängnis sitzen sie in Büros und Parlamentssälen und ziehen mit Gesetzen und Verfügungen einfachen Bürgern das Geld aus den Taschen."

Die Frau ging tatsächlich auf Hans' Äußerung ein und begann, über die Politik zu schimpfen. Ganz nebenbei versuchte Hans sich davonzustehlen, aber die Frau ließ ihn nicht so einfach gehen.

„Wo wollen Sie denn hin?"

Hans hatte einen neuen Gedanken und schaute sich vorsichtig um. Dann tat er so, als weihe er die Frau in ein Geheimnis ein. „Ich habe eine Freundin ein paar Straßen weiter, da kann ich aber nicht vor der Tür parken."

„Aha, ich verstehe." Aber die Neugier stand der Frau ins Gesicht geschrieben. „Ist das die Frau Klinger?"

„Das kann ich Ihnen wirklich nicht verraten." Hans zwinkerte ihr zu. „Auf Wiedersehen! Und noch einen schönen Tag." Er winkte zum Abschied und marschierte den Bürgersteig entlang Richtung Ortsmitte.

„Ja, auf Wiedersehen! Ich werde nichts verraten."

Und Hans hatte das Gefühl, dass sein Auto so sicher stand, wie vor dem Polizeipräsidium. Er wusste aber auch, dass er jetzt Ortsgespräch war und bald allerlei Spekulationen über untreue Ehefrauen die Runde machen würden.

An der Bushaltestelle stieg er zu Victoria in ihren schnittigen BMW. Sie fuhr ziemlich flott an.

„Also, das ist dein Firmenwagen ..." Hans sah sich beeindruckt im Auto um.

„Ist doch ein Auto wie jedes andere."

„Na, dann fahr mal eine Weile mit meinem Firmenwagen." Hans musste an den Tag denken, als Erich und er den winzigen Renault von der Wiese des Gebrauchtwagenhändlers in Wendlingen geholt hatten. Dann winkte er ab. „Nein, nein, der Kleine ist schon in Ordnung, reicht für unsere Firma voll aus. Den hätte ich nur nicht auf den Kanaldeckel stellen können. Wenn die zur Abnahme da ranwollen, würden sie den einfach mit drei Mann zur Seite schieben."

„Hat aber alles geklappt, oder? Du strahlst so. Muss ich noch was wissen?" Sie sah ihn kurz an.

Hans erzählte, was er gerade erlebt hatte. Er schmückte alles noch ein wenig aus und beobachtete währenddessen, wie Victoria fuhr. Meistens fühlte er sich unwohl, wenn er bei jemandem mitfahren musste. Da gab es Freisprechanlagen für Telefonate während der Fahrt und Knöpfe für die Radiosteuerung am Lenkrad, aber die meisten fuhren trotzdem nur mit einer Hand und statt auf die Straße, schauten sie auf die Bildschirme ihrer Navigationsgeräte, auch wenn sie die Gegend bestens kannten.

Victoria hatte kein Navi. Stattdessen war in der Mittelkonsole ein altes Funkgerät eingebaut. Sie hielt das Lenkrad mit beiden Händen in Zehn- und Zwei-Uhr-Position und ließ es beim Abbiegen durch ihre Hände gleiten, ohne überzugreifen. Fast so, als hätte sie Fahrtrainingskurse mitgemacht. Und obwohl Hans, während er erzählte, immer wieder zu ihr schaute, blickte sie konzentriert aber nicht verkrampft auf die Straße.

Dann klingelte ihr Telefon. Sie hielt es ans Ohr und fuhr mit der linken Hand weiter. Als sie es weglegte, sah sie doch einmal kurz zu Hans. „Was ist?"

„Nichts. Ich …" Hans musste lachen. „Ich bewundere nur deinen Fahrstil."

Überrascht lächelte sie ihn an. „Mein Vater war ein strenger Fahrlehrer. Er meinte immer, wir sollten das Auto fahren, nicht das Auto uns, mit zwei Fingern am Lenkrad und so …"

„Verdammt! Was ist denn da los?" Hans drehte sich ruckartig zur Seite und starrte aus seinem Fenster.

Sie passierten das neue Gewerbegebiet in Rohrlingen. Das heißt, es war ja noch eine Baustelle. Rechts der Straße in einer leichten Talsenke hinter einigen Apfelbäumen standen zwei Bauwagen und ein Werkzeugcontainer. Daneben lagerten Rohre und Schachtteile. Einer der Schachtkonusse stand in Flammen.

„Kannst du anhalten?"

„Ja." Victoria sah eine Zufahrt auf einen Feldweg. Sie sah kurz in den Rückspiegel und bremste in die Einfahrt hinein.

Beide sprangen gleichzeitig aus dem Wagen und sahen meterhohe Flammen über dem Schachtteil stehen. Pechschwarzer Rauch stieg empor. Victoria hatte ihr Telefon in der Hand und wollte eine Nummer wählen.

Aber Hans legte ihr seine Hand auf den Arm. „Warte mal."

Sie schauten genau hin und sahen zwei Arbeiter, die hektisch Dreck, Erde und Schotter auf die Flammen schaufelten. Die Arbeiter bewegten sich rasend schnell.

Eine Staubwolke hüllte sie und die Flammen ein. Dann war das Feuer aus und die Rauchsäule wurde vom Wind zerpflückt.

„Das sind doch die beiden Lehrlinge, Volker und Fred." Victoria blickte mißmutig hinüber. „Die haben wirklich nur Unfug im Kopf."

Hans dachte an seine Jugendtage und musste lachen.

„Das ist nicht witzig!" Victoria stand noch die Sorge ins Gesicht geschrieben. Es war immerhin eine Baustelle ihrer Firma.

„Komm schon! Das Feuer ist doch jetzt aus." Hans stieß sie sanft an.

Langsam begann auch Victoria zu lächeln. „Ach, ihr Kerle!"

*

Einige Minuten zuvor kämpften Volker und Fred unten in der Talsenke mit der Eintönigkeit ihrer Arbeit.

„Denkst du, das Zeug brennt?" Fred hob seine Malerbürste aus dem Kübel mit dem Teeranstrich, drehte sie ein wenig hin und her, damit die schwarze klebrige Soße abtropfen konnte, und sah Volker an.

„Klar, ist doch irgendwie aus Erdöl." Auch Volker tauchte seine Bürste ein.

Dann strichen sie den letzten Schachtkonus schwarz. Es war eine Scheißarbeit gewesen. Der Teergeruch, die klebrigen Bürsten und Handschuhe und die Teerflecken auf ihren Arbeitssachen. Endlich waren sie fertig. Endlich konnten sie die Bürsten und Handschuhe auf dem Kübeldeckel ablegen und schon hatte Fred sein Feuerzeug zur Hand.

„Und wie machen wir's wieder aus?" Volker klang ein wenig besorgt.

„Wird schon nicht so schlimm sein." Und Fred hielt das Feuerzeug an den Schachtkonus.

WUMM! Eine Stichflamme hätte ihm beinahe die Haare versengt. Das Feuer griff um sich und der komplette Konus brannte.

„Scheiße!" Dasselbe Wort aus beider Kehlen.

Und schon rannten sie zum Werkzeugcontainer, zerrten zwei Schaufeln ans Licht und stürzten wieder zum Schacht hinüber. Über den Flammen stieg mittlerweile schwarzer Rauch in den Sommerhimmel auf. Wie wild begannen sie Dreck und Schotter auf die Flammen zu schaufeln. Sie schwitzten und fluchten. Sand, Steine, Erde, egal. Alles was ihnen vor die Schaufeln kam, wurde in Richtung des Feuers geschleudert. Sie verschwanden in einer dichten, grauen Staubwolke und tauchten erst wieder auf, als das Feuer endlich aus war.

„Was für eine Scheißidee!" Volker stützte sich schwer atmend auf seine Schaufel.

Fred schüttelte sich mit der Hand den Staub aus den Haaren und blickte Volker an. „Mann, wir sehen aus wie alte Männer. Voll die grauen Haare."

Volker sah sich um. „Hoffentlich hat das niemand gesehen. Die rufen sonst noch die Feuerwehr."

Fred holte einen Besen aus dem Container. „Wir kehren das jetzt sauber und streichen's neu. Da merkt keiner was."

„Zu spät." Volker machte eine Geste mit dem Kopf Richtung Bauwagen.

Zwischen Bauwagen und Werkzeugcontainer kam Henri schnellen Schrittes auf sie zu. Er nahm seine Zigarette aus dem Mund. „Ihr Brummochsen! Was war denn das wieder für eine Aktion?"

Freds Blick fiel auf Henris Zigarette. „Die Zigarette ist mir runtergefallen."

„Du rauchst doch gar nicht!"

„Aber so könnte es passiert sein …"

„Soll mir auch egal sein. Der Leutnant kommt Mittag mit zwei Mann. Die sollen hier Borden setzen und die Fußwege pflastern. Und ihr macht dann bei denen mit. Da bin ich euch los. Und bis dahin räumt ihr hier auf! Den Werkzeugcontainer und den ganzen Müll, der hier rumliegt."

*

Victoria und Hans gingen oben an der Hauptstraße zurück zum Auto.

„Ganz schön was los bei euch." Hans stieg ein.

Victoria fuhr weiter. „Wenn's nur das wäre, aber der Henri gibt sich auch keine Mühe mit den Lehrlingen. Die lernen dort nichts. Der stellt sie nur für so Bambelarbeiten ab. Und dann noch beide zusammen. Dabei lautet der erste Grundsatz der Lehrausbildung, steck niemals Lehrlinge zusammen, schon gar nicht ohne Aufsicht! Und Henri hat wirklich nicht viel Ahnung. Ich meine, ist ja nicht schlimm, wenn mal was passiert, dann muss man es halt reparieren oder nochmal machen. Aber der Henri vertuscht Sachen. Und das fällt einem später auf die Füße und dann wird's meistens teuer." Victoria lachte vor sich hin. „Eigentlich ist es gar nicht zum Lachen. Aber meine erste Baustelle hier bei Schachtbau war die Erneuerung eines Regenwassersammlers drüben in Wendlingen. Alte 300er Betonrohre aus DDR-Zeiten. Die alten Rohre raus, neue rein, Hausanschlüsse umbinden. Kein Problem. Dann kam die Kreuzung mit einer nagelneuen Gasleitung. Überm Rohr fanden meine Leute sie nicht und dachten, sie müsse wohl darunter verlaufen, wo sie ja keine Probleme bereiten würde. Sie hängten das alte Rohr an und wollten es herausnehmen. Ging wohl etwas schwer. Und dann gab es einen Ruck und die Gasleitung war kaputt. Ich hörte das Zischen schon zwei Straßen weiter, obwohl ich die Autofenster zu hatte. Ich stoppte eine Straße weiter und konnte das Gas schon riechen. Und als ich um die Ecke kam, wusste ich nicht, ob ich lachen durfte, denn eigentlich war es nicht zum Lachen, aber der Anblick war sensationell. Das alte Betonrohr baumelte knapp über dem Graben an einem Stahlseil vom Baggerlöffel. Und die Gasleitung ging quer durch das Rohr. Die hatten beim Verlegen der Gasleitung mit einer Erdrakete von der Seite voll durch den Kanal geschossen. Und jetzt war die Gasleitung an der Hauptleitung abgerissen. Das Gas zischte aus dem Graben heraus und Sand und kleine Steinchen spritzten nur so durch die Gegend. Jedenfalls stand ich wohl ziemlich verdattert da. Denn unser Baggerfahrer rief mir zu, dass sie genauso blöd geguckt hätten."

Hans schlug sich mit der flachen Hand vor die Stirn. „Oh, nein!" Dann hielt er die Luft an und ging in Gedanken blitzschnell alle Gasbaustellen der Firma

Glockner durch. Er atmete erleichtert aus. Sie waren es nicht gewesen! In Wendlingen hatten sie nur in dem Neubaugebiet am Ortsrand gearbeitet. Hans grinste Victoria an. „Ordnungsamt, Feuerwehr, Katastrophenschutz, Polizei, Messfahrzeuge vom Umweltamt, Havariedienst des Gasversorgers und dein Chef."

Victoria musste lachen. „Nicht ganz so viele, aber es war ein ganz schöner Auflauf. Später stellte sich heraus, dass Henri die Gasleitungen dort verlegt hatte. Sie hätten es angeblich nicht gemerkt ..." Victoria rollte mit den Augen.

Hans kannte sich aus mit Erdraketen und wie man sie mit Druckluft unter Straßen und Fußwegen hindurchschießt. Poch, poch, poch. „Eigentlich macht man mal die Kanaldeckel auf und guckt rein, wie tief der Kanal liegt. Und das Hämmern hört man doch auch, wenn die Rakete auf Beton trifft. Wir haben mal für eine neue Wasserleitung in einen Gewölbekeller reingeschossen. Alles bloß Sandstein, aber draußen haben wir deutlich den Unterschied gehört, als die Rakete sich dranmachte, die Wand zu durchbrechen."

„Was? In einen Keller rein?" Wollte Hans sie auf den Arm nehmen? Victoria schüttelte den Kopf. „Quatsch! Das glaube ich jetzt nicht."

„Ehrlich! Wir konnten von der Hauptleitung bis zum Haus keinen Graben schachten, da waren ein Steingarten mit wunderschönen Blumen und eine kleine Terrasse. Das hätte Wochen gedauert, das alles wiederherzustellen. Also haben wir von der Straße aus unter allem hindurch bis direkt in den Keller geschossen.

Zwei Lehrlinge standen unten an den Regalen und hielten Einmachgläser, Konservendosen und Weinflaschen fest, damit nichts herunterfiel. Die hatten voll zu tun. Der gesamte Keller vibrierte. Ständig rieselte Staub aus den Fugen und wir hatten schon Angst, dass das Gewölbe zusammenbrechen könnte. Endlich bewegte sich einer der Sandsteine der Kellerwand. Er bekam Risse und zerbrach in etliche Teile. Ich nahm die Brocken heraus und dahinter kam die Erdrakete zum Vorschein. Wir trugen sie die Kellertreppe hoch und durch den Flur hinaus ins Freie."

Victoria war nicht überzeugt. „Mensch Hans, wie lange ist das denn her? Zu dieser Geschichte ist doch bestimmt jedes Jahr etwas dazugekommen?"

„Echt jetzt! Da war ich noch in eurer Firma, vor zwanzig Jahren oder so. Frag mal den alten Juri. Der muss doch noch bei euch sein. Der hat hundert solche Schüsse gemacht. Na gut, einmal kam die Rakete auch mitten auf einer Wiese aus der Erde heraus. Weicher Boden und irgendwo da unten vermutlich ein großer Stein im Weg. Die Rakete ist voll abgedreht. Zum Glück nach oben. Nach unten hatten wir aber auch mal. Haben's bisschen spät gemerkt. Mussten dann mit dem Bagger ein vier Meter tiefes Loch schachten …"

Sie fuhren schon eine Weile durch Wasserstedt. Aber jetzt wusste Victoria nicht mehr weiter. „Ähm, Hans, wohin jetzt? Ich kenne nur euren Bauhof."

„Da vorn, die zweite nach links, dann am Ende der Straße das flache Gebäude."

Victoria hielt direkt vor der Tür. Der kleine Renault

stand einsam neben dem flachen Bürogebäude auf einer Schotterfläche. Hans war noch nicht richtig ausgestiegen, da kam Erich schon aus der Tür. Er sah aus, als hätte er schlecht geschlafen.

Hans verabschiedete sich von Victoria. „Hol mich ab, wenn es dir passt, okay?"

Sie winkte Erich noch kurz zu, dann brauste sie davon.

Erich blieb verwundert stehen. „Hübsch! Deine neue Freundin?"

„Ich bin zu alt für eine Freundin."

„Und wieso bringt sie dich auf Arbeit?"

„Lange Geschichte."

„Wir haben Zeit auf der Fahrt nach Rohrlingen."

„Okay." Aber Hans konnte Erichs Skoda nirgends entdecken. „Wo ist dein Auto?"

„Wir müssen dein's nehmen. Mein's steht noch in Rohrlingen."

„In Rohrlingen? Wie das?"

„Lange Geschichte."

*

Gegen Mittag saß Hans im Büro. Erich war irgendwo zum Essen eingeladen. Und Hans hatte schon seit einiger Zeit die Nase voll. Nach Erichs Auto-hol-Aktion hatten sie zwei Baustellenabnahmen gehabt. Beide mit Mängeln. Nun machte er Aufmaße fertig. Und die für die Wasserversorgung waren am aufwendigsten. Viel zu viele einzelne Positionen und alles immer ganz genau … Er hätte schon längst Feierabend gemacht und den Rest auf morgen verschoben, musste aber auf

Victoria warten. Allerdings wartete er gern. In Wirklichkeit freute er sich nämlich auf Victoria.

Endlich hupte es vor dem Fenster.

Hans stürmte aus dem Büro und stieg zu Victoria ins Auto. „Und? Die Abnahme?"

„Alles gut! Nur Kleinigkeiten. Ich lass da gern mal eine Grünfläche ungepflegt oder einen Schotterrest in einer Ecke liegen. Viele Projektanten brauchen was zu bemängeln, für ihr Selbstbewusstsein."

„Haha, genau!" Hans lachte. „Das kenn ich auch. Wenn du an einem Projekt mal was ändern willst, was wirklich Unsinn ist, musst du so mit denen diskutieren, dass die Änderung letztlich von ihnen kommt. Du musst deine Ideen, die sie aus Prinzip erstmal ablehnen, so um das Ziel herum platzieren, dass ihre Idee dann genau ins Schwarze trifft. Zum Glück sind nicht alle so."

Victoria lachte leise vor sich hin. „Der Henri hat dich einen Trottel genannt."

Hans brauste auf. „Was?"

Victoria lachte. „Bei der Abnahme, als sie zu dem krummen Schacht kamen, meinte Henri, welcher Trottel habe denn hier so bescheuert geparkt. Doch der Projektant gab nicht so schnell auf. Er klingelte bei der älteren Frau, die dich ausgefragt hatte. Mir blieb fast das Herz stehen, als sie aus dem Fenster schaute. Aber sie sagte nur, dass sie nicht wisse, wer hier geparkt habe."

„Na, ein Glück!" Dann fiel Hans' Blick wieder auf das alte Funkgerät in der Mittelkonsole. Rote Lämpchen brannten, das Display zeigte Kanal 09 an. „Benutzt du das eigentlich noch, wo heute jeder ein Handy hat?"

„Manchmal. Es gibt noch ein paar alte LKW-Fahrer, die gern über Funk kommen."

Hans schmunzelte. „Früher war das Gang und Gebe. Mein Baggerfahrer vor zwanzig Jahren hatte sogar eins in seinem Auto."

„Das hier hat mir mein Vater geschenkt, als ich damals meinen Abschluss gemacht hatte und meinen ersten Job bekam. Das Funkgerät hat mir die Türen geöffnet in die Männerwelt des Bauwesens. LKW-Fahrer fanden's total cool, wenn ich mit denen über Funk sprach. Und als die LKW-Fahrer mich akzeptiert hatten, gehörte ich quasi dazu. Ha, damals wurde viel Quatsch gemacht, über Funk. Da gab es einen, den nannten sie das Schaf …"

Hans lachte plötzlich auf. „Määh! Die Geschichte kenn ich auch! Der war wirklich berühmt."

Auch Victoria lachte los. „Hat immer sein Määh in den Funk gebrüllt, wieder und wieder, bis sich welche aufregten, die wirklich mal was absprechen mussten. Als die sich unterhalten wollten, hörten sie zwischendurch immer wieder Määh, määh, määäääh! Und je mehr sie sich aufregten, desto schlimmer hat er's getrieben."

Hans schlug sich auf den Oberschenkel vor Lachen und ahmte einige Szenen nach. „Halt endlich die Klappe! – Määh! – Schnauze jetzt! – Määh! – Mensch, raus aus dem Funk! – Määh! – Wenn ich dich zu fassen kriege, dir hau ich eine auf's Maul! – Määäääh!"

„Das ging doch einige Jahre so. Das Schaf hat ganz schön lange durchgehalten."

„Bis es geschlachtet wurde … Bei uns erzählten sie, es wäre ein Fahrer der Schmutz- und Wasser GmbH gewesen. Irgendwann hätten sie ihn erwischt, wie er sein Määh ins Funkgerät blökte."

„Die haben ihn bestimmt gelyncht, denn mit einem Mal war Schluss mit Määh!" Victoria klang fast ein wenig traurig. „Für immer."

Hans nickte. „LKW-Fahrer sind schon eine Liga für sich. Manche sagen, viele von denen können nur im Konvoi denken. Einer voran und alle hinterher." Er lachte vor sich hin.

Victoria schaute Hans kurz an. Ihr Vater war LKW-Fahrer gewesen. Aber Hans hatte seine Worte nicht böse oder abwertend gemeint. Er machte halt nur seine Späße und lachte gern. Victoria gefiel das. Und Hans erzählte weiter.

„Wir hatten mal eine Baustelle am Waldrand, da sollten wir den Aushub mitten im Wald in eine tiefe Senke schütten. War mit dem Förster abgesprochen. Nicht einfach zu finden, aber es gingen schon jede Menge Fahrspuren einen Forstweg entlang dorthin. Wir hatten einen neuen LKW-Fahrer. Ich hatte ihm schon zweimal genau erklärt, an welcher Stelle er von der Hauptstraße abbiegen musste. Bevor er losfuhr, lehnte er sich aus dem Fenster und fragte ein drittes Mal nach. Zum Frühstück hab ich das den Kollegen erzählt und sie lachten und meinten, ich wisse das beste noch nicht. Er wäre gleich darauf mit der vollen Fuhre zurückgekommen und hätte noch ein viertes Mal gefragt, wohin er fahren müsse. Aber dann lief's prima. War ein guter

Kerl. Hat auch mal Pausen verschoben, wenn noch was fertig werden musste."

Victoria kannte Hans kaum, aber die kurze Zeit mit ihm fühlte sich ziemlich gut an. Er jammerte nicht über Politik oder was alles wieder teurer geworden war und regte sich nicht über die Jugend oder irgendwelche Leute auf. Er erzählte einfach gern. Konnte aber auch gut zuhören, als Victoria noch eine Geschichte einfiel.

„Ich hatte auch mal einen ganz besonderen Fahrer auf der Baustelle. Er war selbständig, nur er und sein Museums-LKW. Er selbst gehörte auch ins Museum, hätte wohl schon lange in Rente gehen können. Er hatte einen steifen Nacken und konnte sich kaum umdrehen und auch mit den Spiegeln beim Rückwärtsfahren hatte er irgendwie seine Probleme. Von Abstellschiebern, Rüttelplatten, liegengebliebenen Schaufeln bis hin zu Euro-Paletten und vor-sich-hin-träumenden Lehrlingen hatte er rückwärts schon alles mögliche über den Haufen gefahren. Allerdings immer so langsam, dass der Schaden nicht allzugroß war. Auch beim Vorwärtsfahren war er nicht der Schnellste, und trotzdem überholte er manch junge Fahrer, da sie im Steinbruch noch einen Kaffee tranken und er nicht. Er war morgens der erste und abends der letzte und hat aber nie mehr Stunden abgerechnet als die anderen. Und ständig wollte er Samstag arbeiten. Jedenfalls brauchten wir irgendwann nicht mehr so viele LKW auf der Baustelle, es gab immer weniger zu fahren. Ich wollte ihn abbestellen, da fing er an zu bitten und zu betteln, dass er weiterfahren dürfe. Ich hätte doch noch andere

Baustellen. Er fahre auch zum halben Preis oder ganz umsonst!"

„Umsonst? Wieso denn das?" Hans fuhr hoch. „Hatte der kein Leben nach der Arbeit?"

„Die Arbeit war sein Leben. Auf der einen Seite war er froh über die Gesellschaft auf der Baustelle, er wurde gebraucht, scherzte mit den Arbeitern … Naja, meistens scherzten sie über ihn. Andererseits kam er wohl mit seiner Frau nicht klar. Es kam erst nach und nach ans Licht, aber er hatte zu Hause nicht viel zu lachen …"

„Wo wir gerade beim Thema sind …" Hans zeigte auf das Ortsschild, das sie soeben passierten. Sandhain. „Bist du verheiratet?"

Victoria sah ihn überrascht an. „Ist das wichtig?"

„Ja." Hans begann zu schmunzeln.

„Nicht mehr. Wieso?"

„Freund, Partner, heimliche Verehrer?"

„Nein. Nein. Nicht dass ich wüsste. Wieso?" Victoria lächelte vor sich hin und begann, links zu blinken.

„Nun, wenn du mich direkt zu meinem Auto bringst, läufst du Gefahr, Teil der Spekulationen um meine Liebschaften hier im Ort zu werden."

„Kein Problem, ich wohne in Waldheim, das ist zwanzig Kilometer entfernt." Und Victoria bog in die Wiesenstraße ein.

Sie stoppte hinter Hans' altem Toyota vor dem Haus mit der Nummer zwölf. Im offenen Küchenfenster lehnte tatsächlich die Frau, mit der Hans am Morgen gesprochen hatte.

Victoria sah nicht direkt hin, wusste aber Bescheid. „Jetzt schreiben wir Ortsgeschichte."

„Dann aber richtig! Hast du Lust auf Mittagessen?"

Victoria sah Hans überrascht aber erfreut an. „Hab heute noch keine Pause gemacht. Und wo?"

„Wie wär's dort oben?" Hans zeigte zu einem alten, fast zugewachsenen Steinbruch, der den Ort überblickte. Der Steinbruch lag voll in der Sonne und war eingerahmt von Kiefernwald.

„Weiß nicht, ob mein Auto das schafft? Und was gibt's dort zu essen?"

„Wir fahren mit meinem hin und holen uns vorher im Ort einen Döner, wenn du magst?"

„Gern. Dann heizen wir die Gerüchteküche mal an." Victoria stieg aus, nickte der Frau am Fenster freundlich zu und kletterte dann in Hans' Geländewagen. „Stärker, breiter, höher, oder was? Die Unsportlichen hätten Schwierigkeiten hier reinzukommen."

„Trennt die Spreu vom Weizen." Hans sah Victoria kurz in die Augen. Dann versteckte er sich wieder hinter seinen Späßen. „Und die Dackel am Straßenrand starren dir nicht ständig ins Gesicht." Er drehte den Zündschlüssel und der Motor brummte auf. Eine Abgaswolke verdunkelte die Straße.

Im Ort parkte Hans vor dem besagten Imbiss. Ein Schild mit der Aufschrift „Döner-Kebab" hing über dem Eingang. Auf die Seitenwand hatte jemand aus Protest „Bratwurst statt Döner!" gesprüht.

Hans zeigte auf die Schmiererei. „Oder willst du lieber eine Bratwurst?"

Victoria schüttelte den Kopf. „Du?"

„Keine Chance."

Mit zwei vegetarischen Dönern fuhren sie dann auf einer schmalen Straße in Richtung des alten Steinbruchs. Der Ortsrand machte einen vernachlässigten Eindruck. Die Straße hatte jede Menge Schlaglöcher. Auf der linken Seite lag eine Brachfläche mit hüfthohem Gras, die sich bis zum Wald zog, rechts standen ein paar alte Mehrfamilienhäuser aus DDR-Zeiten.

Hans wurde langsamer und hielt an. Vor ihnen stand ein PKW, der wegen einem uralten W50-LKW angehalten hatte. Da rechts eine ganze Reihe von recht alten Autos parkte, kam der PKW auf der schmalen Straße nicht vorbei, zumal beim W50 auch noch die Fahrertür offen stand.

Die hintere der verbeulten und verrosteten Planken war geöffnet und ein kleiner Mann schob schwere, alte Gussheizkörper auf der Ladefläche hin und her.

Hans sah genau hin. Der Mann war von oben bis unten mit Dreck, Ruß und Öl beschmiert und kaum zu erkennen. Aber es gab nur einen, der hier so aussah. Hans wandte sich an Victoria. „Das ist der alte Munk, der hat drüben in Eisenbergen einen Schrottplatz. Hat zu DDR-Zeiten jede Menge Geld verdient." Hans lachte auf. „Man erzählt sich, er hätte kurz nach der Wende Probleme mit dem Umweltamt bekommen, wegen dem ganzen Öl auf seinem Schrottplatz und so. Er wäre dann zu eine Geldstrafe von zehntausend Mark verurteilt worden. Als der Richter ihm den Beschluss verlesen hatte, hätte er seine Brieftasche herausgeholt, wäre auf den Richter zugegangen und hätte gefragt ‚Muss ich das gleich hier bezahlen?'"

Victoria lachte auf. „Nein! Das glaube ich nicht."

„Der ist so, kannst du ruhig glauben …"

In diesem Moment kamen zwei Männer, die nicht ganz so dreckig aussahen, mit einem Gussheizkörper aus einem Hauseingang. Sie wuchteten den Heizkörper auf die Ladefläche des W50 und eilten wieder ins Gebäude. Der alte Munk schob seine Beute nach vorn und kippte den Heizkörper auf die anderen.

Der Mann im PKW wartete wohl schon länger. Er stieg jetzt aus und beschwerte sich. „Das kann ja nicht wahr sein! Wie lange soll ich denn noch warten? Ihr könnt doch nicht den halben Tag hier auf der Straße stehen!"

Der alte Munk ließ sich nicht aus der Ruhe bringen. Er drehte sich um und machte mit beiden Armen eine auffordernde Geste. „Mensch, jammer hier nich so rum, pack lieber mal mit zu!"

Victoria schüttelte den Kopf vor Lachen. „Das kann doch nicht wahr sein … Der ist wirklich urig."

Hans schaltete mit einem kleinen Hebel in der Mittelkonsole seines Geländewagens auf 4H, auf nicht untersetzten Allradantrieb. „Ich hätte ja eigentlich kein Problem, mitzumachen, aber so lang ist vermutlich deine Pause nicht." Dann fuhr er links die Böschung hinunter. Sein Pick-up hinterließ zwei Spuren im hohen Gras und schnurrte vor dem W50 die Böschung wieder hoch. Hans beschleunigte und bog, ohne vom Gas zu gehen, auf den Schotterweg ab, der zum

Steinbruch führte. Im Rückspiegel beobachtete er die dichte Staubwolke, die hinter seinem Wagen herzog und spürte einen kurzen Moment absoluter Freiheit. „Und da fragen manche, wozu du in Deutschland einen Geländewagen brauchst?"

Für einen Moment war Victoria ein wenig angespannt gewesen. Jetzt lächelte sie wieder. „Männer und ihre Spielzeuge."

Hans war auf einer steilen, steinigen Piste bis an die obere Abbruchkante gefahren. Er zauberte eine alte Decke aus dem Wagen und sie setzten sich auf einen großen Kalksteinblock mitten in die Sonne.

Victoria strahlte. Dann wich die Freude ein klein wenig aus ihrem Gesicht. „Ich wette, mein Handy klingelt gleich."

„Kein Problem, ist doch dein Job." Hans klang ernst.

Überrascht blickte sie ihn an. Er meinte das wirklich ehrlich und sie hatte das Gefühl, dass Hans nicht sauer wäre, wenn sie nach einem Telefonat aufspringen würde und unbedingt zurück zu ihrem Auto müsste.

Langsam begann Hans zu grinsen. „Wenn es abends um sechs klingelt, dann machst du was falsch …"

Ihr Handy klingelte nicht und der Ausblick war toll. Victorias Blick folgte einer Straße bis nach Rohrlingen. Sie sah das Gewerbegebiet, das dort entstand. In der Ferne dahinter lag Wendlingen. Die Sonne blendete. Victoria hielt die Hand über die Augen. Durch die Wiesen und Felder zwischen Wendlingen und Rohrlingen schlängelte sich die Pleiße nach Wasserstedt. Der Fluss selbst war nicht zu sehen. Victoria betrachtete große, alte Bäume, die das Flussufer säumten, bis sich der Fluss der Straße näherte. Dort mündete der Strudelbach, der von Wendlingen kam, in die Pleiße. Und genau dort baute die Stadt ein neues Klärwerk. Im Moment liefen alle Abwässer mehr oder weniger gut geklärt in den Strudelbach und von dort in die Pleiße.

Ein neuer Schmutzwasserkanal sollte Wendlingens Abwässer sammeln und erst ins Klärwerk und dann in die Pleiße leiten. Wenn alles klappte, bekam Victorias Firma den Auftrag dazu und Victoria wäre Bauleiterin. Alles hing von Conrad ab, einem Polier, den sie kaum kannte und mit dem sie nachher ihr Angebot für den Bau der Kanalleitung durchsprechen wollte.

Victoria wandte ihren Blick Hans zu, der den Ausblick ebenso zu genießen schien. Er sah ihr kurz in die Augen, lächelte, sagte aber nichts. Schweigend aßen sie ihre Döner.

Stille. Frieden. Einsamkeit.

Nachdem sie gegessen hatten, hielt Hans Victoria eine uralte Trinkflasche aus Blech hin. „Einen Schluck Wasser?"

Zögernd nahm sie ihm die Flasche ab. Sie betrachtete die unzähligen Schrammen, Kratzer und Beulen und versuchte die einstige Farbe der Flasche zu erraten. „Danke." Sie trank die Flasche halb leer, hielt sie vor sich und deutete mit einer Kopfbewegung auf Hans' Toyota. „Ist eigentlich alles, was du besitzt, so alt?"

„Vermutlich. Damals war die Qualität so hoch, dass das Zeug bis heute halten konnte. Außerdem bin ja selbst alt."

„Niemals!" Victoria lachte auf.

„Hast du meine grauen Haare gesehen?"

„Nein. Ja … Aber das ist nicht der Punkt. Ich meine, du verhältst dich doch nicht so, als wärst du alt. Da gibt es wirklich junge Leute, denen könnte man beim Laufen die Schuhe besohlen, die bewegen sich in einer Art Zeitlupe, dass man den Eindruck bekommt, sie wurden als Rentner geboren."

Hans musste erstmal lachen. Dann nahm er Victoria die Flasche ab. „Ich mach schon jede Menge Sport, auch extreme Sachen und so, aber ich bin kein Vergleich zu jungen Leuten. Wie …äh …" Hans fuchtelte mit der Flasche in der Luft herum und suchte ein Beispiel, jemanden, den sie vielleicht beide kannten. „Ach hier … nimm Conrad. Den aus eurer Firma. Dem bin ich bei so einem Extremlauf begegnet, letzten Dezember. Hundert Hindernisse, durch die Pleiße schwimmen, hangeln, klettern, im Matsch rumkriechen und so. Er hat mich voll abgehängt."

Victoria machte große Augen, aber nicht wegen des abenteuerlichen Laufs. Sie starrte Hans an. „Du kennst Conrad?"

„Naja, nicht gleich kennen. Wir haben ein bisschen gequatscht. Ist ein guter Kerl. Vor allem hat er keine große Klappe und er ist nicht so oberselbstbewusst!"

Hans trank einen großen Schluck und bot die Flasche Victoria noch einmal an. Sie winkte ab und Hans trank die Flasche leer.

„Pass auf." Victoria zeigte in die Ferne. „Von Wendlingen bis zur Straße soll parallel zum Strudelbach ein

Abwasserkanal gebaut werden. Anderthalb Kilometer. Wir würden den Auftrag bekommen, müssen aber bis Weihnachten fertig werden und noch dieses Jahr die Rechnung stellen. Wegen irgendwelcher Fördermittel. Es hieß bei uns in der Firma, die Truppe vom Conrad könnte das schaffen."

„Wie tief, was für Rohre?"

„Drei Meter bis drei fünfzig, 250er Steinzeug. Recht lange Haltungen, über siebzig Meter zwischen den Kontrollschächten."

„Hm, neben dem Strudelbach her, in dieser Tallage, da habt ihr bestimmt Grundwasser ..."

Sie fachsimpelten eine ganze Weile über Grundwasserabsenkung, Grabenverbau und welche Strecke man an einem Tag verlegen könnte und packten dann zusammen.

„Und? Willst du mal fahren?" Hans stieß Victoria an.

Sie war überrascht und blickte den Schotterhang hinab. „Was, da runter? Ich weiß nicht, da mach ich noch was kaputt ..."

Hans deutete auf sein verbeultes und an vielen Stellen angerostetes Auto. „Was willst du denn hier noch kaputt machen."

Victoria überlegte eine Weile.

„Keine Angst." Er sah ihr in die Augen.

„Hab ich nicht." Und das war die Wahrheit. Sie wusste, dass Hans ihr nicht einmal böse wäre, wenn sie am Fuße des Abhangs auf dem Dach landen würden. Sie stieg ein, als wäre es der LKW ihres Vaters, den sie in ihrer Jugend auf Feldwegen hinter dem Dorf fahren durfte. Sie stellte sich den Sitz ein und startete den Motor. Der kleine Schalthebel in der Mitte stand noch auf 4L, auf untersetzten Allradantrieb, mit dem Hans die letzten Meter heraufgefahren war. Victoria fuhr an und steuerte den schweren Pick-up in der kleinsten Untersetzung den Hang hinab.

Hans hatte Mühe, nicht nach vorn vom Sitz zu rutschen. „Wie kam es eigentlich, dass du Bauleiterin werden wolltest?"

„Mein Vater."

„War der auch Bauleiter?"

„Nein, LKW-Fahrer für einen Steinbruch."

„Aha." Hans fielen alle dummen Bemerkungen ein, die er über LKW-Fahrer gemacht hatte.

„Keine Sorge. Ich nehm dir nichts übel." Victoria sah ihn kurz von der Seite an. „Mein Vater kann selbst sehr witzig sein. Oft kam er von der Arbeit nach Hause und machte sich über die mangelnde Organisation auf manchen Baustellen lustig und wieviel da schief ging."

„Und da dachtest du, es besser zu machen."

„So in etwa. Ich meine, ich war immer schon recht praktisch veranlagt, und der Job macht wirklich Spaß. Etwas zu bauen, gemeinsam, mit vielen anderen."

„Und bekommst du das hin, dass es besser wird?"

„Im Kleinen, ja. Im Großen, nicht wirklich. Zu viel Bürokratie, Bestimmungen, Genehmigungen, Zertifikate, Nachweise, Dokumentation, für jedes kleine Ding ein Foto …"

Hans sagte nichts.

Victoria war nun an der steilsten Stelle und bremste

ein wenig. Augenblicklich begann der Wagen zu rutschen.

„Nicht bremsen. Lass ihn einfach fahren." Hans blieb
ganz ruhig, obwohl es rechts neben seinem Fenster
hinter Dornengestrüpp immer noch vier Meter in die
Tiefe ging. „Ist die kleinste Untersetzung, langsamer
geht nicht, einfach nur lenken."

Nun stand Victoria doch der Schweiß auf der Stirn,
aber sie kam sicher unten auf dem Feldweg an. Sie
stoppte den Wagen, nahm mit dem kleinen Hebel die
Untersetzung heraus, blieb aber noch auf 4H-Allradan-
trieb und sah Hans fragend an.

Die Art wie er ihren Blick erwiderte, bedeutete wohl,
dass sie weiterfahren solle.

Niemanden, außer seine beiden mittlerweile erwach-
senen Kinder, ließ Hans mit seinem Auto fahren. Er
wunderte sich über sich selbst.

Vergnügt betrachtete Victoria die Staubwolken im
Rückspiegel und begann zu lachen, als der W50 des
alten Munk noch immer mitten auf der Straße stand.
Allerdings zwei Eingänge weiter und deutlich tiefer in
den Federn. Die Heizkörper auf der Ladefläche über-
ragten bereits die Planken, die jetzt alle geschlossen
waren. Der alte Munk turnte auf dem Stapel herum
und dirigierte seine beiden Helfer mit dem letzten
Heizkörper zu einer Stelle, wo wohl noch Platz wäre.

Mit strahlendem Gesicht genoss Victoria ihren
Ausflug in die Offroad-Welt, fuhr die Böschung hin-
unter und drückte neue Spuren ins Brachland. Der
PKW von vorhin war verschwunden. Victoria fuhr so

schwungvoll wieder auf die Straße hinauf, dass das Handschuhfach aufklappte.

Hans entdeckte darin allerlei längst vergessene Dinge. Er klappte das Fach wieder zu und musste lachen. „Wehe, wenn sie losgelassen. Wenn man euch mal ein ordentliches Auto gibt …"

„Euch?" Victoria schaltete während der Fahrt, ohne auszukuppeln, bei der genau richtigen Drehzahl den Allradantrieb aus.

Hans staunte und schüttelte den Kopf. „Nein, nicht euch, du bist möglicherweise ein Einzelfall."

Hinter ihnen gab es einen Schlag. Der letzte Heizkörper war über die Seitenplanke des W50 gerutscht und auf die Straße gekracht. Der alte Munk hielt sofort Ausschau nach einer geeigneteren Stelle auf der übervollen Fuhre …

In der Wiesenstraße hielt Victoria in der entgegengesetzten Fahrtrichtung neben ihrem Auto. Sie blinzelte zum Haus hinüber, aber die Frau erschien nicht im Fenster.

Bevor sie ausstieg, hielt Hans ihr eine seiner alten Visitenkarten hin, die er im Handschuhfach entdeckt hatte. „Falls du wieder mal Lust auf Mittagessen hast …"

Victoria nahm strahlend die Visitenkarte entgegen. „Fotograf? Natur und Tiere … Ich denke, du bist Bauleiter?"

„Notwendiger Nebenjob, um als Fotograf nicht zu verhungern."

„So schlimm?"

„Es reicht nicht, gute Bilder zu machen, wenn du unfähig bist, sie zu verkaufen …"

„Also, bis später." Victoria stieg aus. „Und die Bilder möchte ich gern mal sehen."

„Ja." Das war alles, was Hans herausbrachte. Er rutschte auf den Fahrersitz hinüber, winkte Victoria zu, als sie losfuhr und schmunzelte vor sich hin, als er bemerkte, wie im Haus Nr. 12 hinter einem Fenster die Gardinen wackelten.

Vier

Auf der Baustelle in Rohrlingen bezog derweilen Bruno, den alle „Leutnant" nannten, seine Stellung. Für ihn hatte man einen kleinen Bürocontainer neben den beiden Bauwagen aufgestellt und er richtete sein Hauptquartier ein.

Dann hielt er eine kurze Ansprache wie früher beim Fahnenappell. Doch statt einer Kompanie standen nur sein Radladerfahrer Bernhard, sein Vorarbeiter Bert und die beiden Lehrlinge Volker und Fred erwartungsvoll zwischen einem Berg Schotter und einem Haufen Sand herum.

„Also, Genossen, wir haben den Auftrag, die Bordsteine zu setzen, die Fußwege zu pflastern und die Straßen für den Asphalteinbau vorzubereiten. Das Vermessungsbüro hat in der Mitte der zukünftigen

Straße Markierungspfähle aus Holz geschlagen. Wir werden die Zeit bis zum Feierabend nutzen, um von dort aus die Straßenbreite zu messen und mit Schnurpfählen abzustecken. Also Männer, Fäustel, Bandmaß, Schnurpfähle!"

„Jawohl, Herr Major!" Volker und Fred antworteten gleichzeitig und grinsten wie die Idioten.

Automatisch verfiel Bruno in alte Muster. „Wegtreten!"

Bernhard und Bert verkniffen sich das Lachen, bis Bruno in seinem Bürocontainer verschwunden war, um den Bauplan zu holen.

Volker und Fred retteten sich in den Werkzeugcontainer, der ihr lautes Gejohle dämpfte. Dort fanden sie dann auch jede Menge eiserne, gut einen Meter lange Schnurpfähle, ein Bandmaß und einen Fäustel.

Es waren tatsächlich fünf Mann zum Abstecken nötig. Zwei hielten den im Wind flatternden Bauplan, zwei rannten mit dem Bandmaß von einem Markierungspfahl zum nächsten und Bruno schlug die Schnurpfähle in den Entfernungen ein, die er zuvor vom Plan abgelesen hatte. Immer wieder wurden Schnurpfähle korrigiert, die nicht in der Flucht der anderen standen.

Endlich war Feierabend. Brunos Truppe hatte das wenigste Werkzeug wegzuräumen und so fuhr Bruno mit seinem Mercedes-Transporter bereits los, als Henris Leute gerade in ihren einstiegen und Conrad, Steffen und Erik noch weit entfernt ihre Baustelle absperrten.

Die beiden Lehrlinge fragten Bruno schon den ganzen Nachmittag über seine Erlebnisse bei der Armee aus. Gekonnt hatten sie das Gespräch auf die

Makarow-Pistole gelenkt, die Bruno zu Hause hatte. Sie wussten nicht viel, wenn es um Straßen- oder Tiefbau ging, aber dass Bruno im hiesigen Schützenverein war und zu Hause seine alte Dienstwaffe und noch zwei andere Pistolen mit genügend Munition in einem Waffenschrank verwahrte, das wussten sie genau.

Jetzt ging es darum, Bruno so lange zu bequatschen, bis er in seiner Gutmütigkeit die Waffe mal mit auf die Baustelle brachte. Natürlich wollten sie auch die Munition sehen.

Und tatsächlich willigte Bruno ein, das vorgeheuchelte Interesse der beiden Lehrlinge an alter NVA-Technik zu befriedigen. „Ja, ja, ich bringe sie morgen mal mit."

„Und auch die Patronen …"

„Ja, ja." Bruno dachte daran, drei einzelne Patronen mitzubringen, die er ja an sich nehmen konnte, während er die Waffe im Auto einschließen würde. Was sollte schon passieren …

Dann konzentrierte er sich wieder auf's Fahren. Blinken, in den Rückspiegel schauen, bremsen, lenken, kuppeln, schalten, und dabei auf andere Autos oder Fußgänger achten. Er hatte ganz schön was tun.

In den Kurven wurde Brunos Blick zusätzlich von dem kleinen Bergepanzer auf seinem Armaturenbrett gefesselt. Er war aus Plastik, nicht größer als ein Matchbox-Auto und stammte noch aus DDR-Zeiten.

Auch Volker hatte das Panzermodell jetzt entdeckt. „Bruno, ist der kleine Panzer dein Talisman? Hattet ihr früher so einen auf euren Baustellen?"

„Ab und zu. Das ist das Modell eines T55 TK. Fast wie ein Panzer T55, aber ein Bergepanzer. Kein Turm mit Kanone, stattdessen Schiebeschild, Kran und Seilwinde.

„Ist der angeklebt?"

„Nein, der muss sich frei bewegen können."

„Können wir den mal anschauen?"

„Jetzt nicht."

„Wieso nicht?"

„Ich brauch ihn hier."

Volker und Fred grinsten. „Ach so, als Glücksbringer beim Fahren."

„So ähnlich. In Kurven darf er sich nicht bewegen."

Volker und Fred sahen sich an und zuckten mit den Schultern. „Häh?"

In diesem Moment wurden sie von Henris Mercedes-Transporter überholt. Henris Leute schnitten Fratzen hinter ihren Seitenscheiben und machten lustige Gesten. Bruno solle schneller fahren, oder sei er schon eingeschlafen?

Bruno ließ sich nicht beirren. Er erklärte die Sache mit dem Modellpanzer. „Wenn man eine Kurve zu schnell fährt, wird man doch nach außen gedrückt, das ist auch gefährlich für's Auto, man kann ins Rutschen kommen, und es ist nicht gut für die Radlager, zu viel Verschleiß. Man muss also so fahren, dass sich der kleine Panzer nicht bewegt."

Volker und Fred rollten mit den Augen und schlugen sich mit den Händen vor die Stirn. Sie sahen sich an, als wäre Bruno nicht von dieser Welt.

Bernhard und Bert wussten schon Bescheid. Sie arbeiteten viele Jahre mit Bruno zusammen und kannten seine Macken.

Im nächsten Ort hielt Bruno an, nahm seine Tasche und stieg aus. Er war hier zu Hause.

Bernhard wohnte am weitesten entfernt. Er würde ab jetzt weiterfahren, die Kollegen in der Nähe ihrer Wohnungen absetzen und morgen früh wieder abholen.

Bruno sah auf seine Uhr. Sie hatten keine zwanzig Minuten von der Baustelle bis hierher gebraucht. „Also morgen früh wieder hier. Punkt Null-Sechshundertvierzig. Weiterfahren!"

„Dir auch einen schönen Feierabend." Bernhard grinste und startete durch.

„Häh? Null-Sechshundertvierzig? Was soll das denn bedeuten?" Fred runzelte die Stirn und drehte die Handflächen fragend nach oben.

Bert grinste. „Sechs Uhr vierzig. Ist wahrscheinlich so ein Armeeausdruck."

Die Lehrlinge grölten los und machten sich während der restlichen Fahrt über Bruno lustig.

Es war nicht so, dass Bernhard besonders schnell fuhr, aber der kleine Bergepanzer kullerte derweilen auf dem Armaturenbrett von einer Ecke in die andere.

*

Am nächsten Morgen schickte ein leichter Nieselregen die Laune der Arbeiter in den Keller. Aber nicht die von Volker und Fred, da Bruno seine alte Makarow tatsächlich in einem kleinen Köfferchen dabeihatte. Er wollte sie ihnen zur Frühstückspause zeigen und sie platzten fast vor Ungeduld. Aber bis es soweit war, mussten an die gestern eingeschlagenen Schnurpfähle die genauen Höhen der zukünftigen Bordsteine angezeichnet werden. Das geschah mit Hilfe eines Nivelliergerätes und einer Messlatte. Auf der richtigen Höhe wurde ein Kreidestrich an den Schnurpfahl gemalt. Und auf Höhe dieser Kreidestriche wurde dann von einem Pfahl zum nächsten eine Schnur gespannt, an der man die Bordsteine beim Setzen ausrichten konnte.

Bei dieser Arbeit wurden oft die Lehrlinge getestet. Volker und Fred bestanden den Test nicht.

Bert schickte Volker in den Werkzeugcontainer. „Bring mal die Höhen mit. Die liegen gleich links hinter der Tür."

Und Volker verschwand hinter der Stahltür und wurde für eine Weile nicht gesehen. Es polterte nur ab und zu im Container.

Bernhard gab Fred einen leichten Schlag auf die Schulter. „Wir kommen dann beim Abstecken auch zur ersten Kurve. Beim Leutnant im Bürocontainer, gleich hinter der Tür, liegen die Bogenschnüre. Bring mal ruhig alle drei Radien mit."

Fred sah ihn mit großen Augen an und hatte keine Ahnung, worum es ging.

Bernhard verzog keine Miene und blieb ziemlich ernst. „Mach schon, wir haben nicht den ganzen Tag Zeit. Alle drei Radien. Also drei Bogenschnüre. Gleich hinter der Tür. Kannst ja den Leutnant nochmal fragen. Der ist doch noch drin."

Fred kam recht schnell wieder zurück. Er trug den

Klappständer für Brunos Nivelliergerät und die Messlatte und schaute betreten nach unten.

Hinter ihm erschien Bruno mit seinem Nivelliergerät. „Mensch, Genossen, ihr sollt den Lehrlingen was
beibringen und sie nicht verarschen. Ihr seid doch
keine Politiker!"

In diesem Moment kam Volker aus dem Werkzeugcontainer. Er zuckte mit den Schultern. „Mann, da
liegt nichts, was wie eine Höhe aussieht."

Dem Leutnant stand der Mund offen. Bernhard
hielt die Luft an, um sein Lachen zu verbergen. Und
Bert wollte Volker eigentlich nochmal suchen lassen,
winkte aber ab. „Ist schon gut. Zur Not können wir
auch Kreidestriche an die Schnurpfähle malen."

Endlich war Frühstück und Volker und Fred folgten
Bruno, der das Köfferchen trug, in seinen Bürocontai-
ner. Die beiden Lehrlinge hatten keinen Blick für die
Baupläne und Bilder an den Wänden. Auch auf dem
Schreibtisch neben dem Fenster interessierte sie nur der
kleine Koffer, den Bruno in diesem Moment aufklappte.

Er nahm die Pistole heraus und wog sie in der Hand.
„Makarow PM, gebaut in der Sowjetunion, die hier ist
von 1973, sehr zuverlässig, Acht-Schuss-Magazin." Er
entriegelte das Magazin, nahm es nach unten aus dem
Pistolengriff heraus und legte es in den Koffer. Gegen
den Federdruck zog er den Schlitten zurück und vergewisserte sich, dass keine Patrone im Lauf war. Er ließ
den Schlitten wieder vorschnellen und betätigte den
Abzug. Es klickte recht laut und die Waffe war entspannt. Dann reichte er sie Volker.

Die Frühstückspause dauerte länger als üblich. Hundert Fragen fielen Volker und Fred ein. Immer wieder handhaben sie die Pistole. Schlitten zurückziehen, vorschnellen lassen, Sicherungshebel runter, wieder rauf, Abzug drücken, Magazin rein, wieder raus. Und Bruno fühlte sich in alte Armeetage versetzt, als er junge Unteroffiziere im Umgang mit dieser Waffe unterrichtet hatte.

Nachdem sie gefrühstückt hatten, erschienen auch Steffen, Bernhard und Bert noch zur Vorführung. Damit war der Bürocontainer voll. Vor dem Fenster drängten sich Henris Leute, um ebenfalls einen Blick zu erhaschen.

Neben Conrad schaute auch Erik durchs Fenster in den Raum hinein. „Jetzt ist der Leutnant in seinem Element. Hoffentlich müssen wir nicht noch ein paar Gräber ausheben ..." Erik klopfte ans Fenster und zeigte auf seine Uhr.

Aber ohne zu begreifen, dass die Pause vorbei sei, öffnete Bruno das Fenster. Er dachte, die da draußen wollten auch etwas hören.

Er hatte drei Patronen mitgebracht. Eine davon hielt er hoch. „9x18mm, spezielle Patronen, nur für die Makarow. Es gab in den sozialistischen Streitkräften nur diese Art Pistole. Somit hatten alle dieselbe Munition."

Beim Umgang mit den Patronen im Magazin war große Sorgfalt geboten, und der Sicherungshebel an der Pistole blieb stets auf „Gesichert".

Als Volker und Fred darum baten, mal einen Schuss

abgeben zu dürfen, war der Auflauf vorbei. Jetzt wurde es vielleicht doch gefährlich. Conrad pfiff Steffen nach draußen und Henris Leute schlenderten in Richtung ihrer großen Rohre.

Volker und Fred diskutierten mit Bruno wegen des Schusses. Sie könnten doch durchs offene Fenster in den Sandhaufen schießen, der zehn Meter entfernt lag.

Draußen hupte ein LKW. Bernhard und Bert gingen mal nachsehen. Es war ein großer Laster mit Anhänger, der unzählige Euro-Paletten mit Bordsteinen brachte. Der Fahrer fragte, ob Bernhard die Paletten mit dem Radlader abladen könne.

„Kein Problem. Muss nur umbauen. Schaufel ab, Gabel dran. Bert, machst du mit?"

Bert winkte ab. „Ich schick dir einen von den Lehrlingen raus."

„Bloß nicht! Die können einen Hydraulikschlauch nicht von einem Steckbolzen unterscheiden!"

Der Lkw-Fahrer sah sich um. „Wo sollen die eigentlich hin?"

Bert zeigte auf den Bürocontainer. „Frag mal den Polier."

Der Fahrer klopfte flüchtig an die offene Tür und trat ein. Er traute seinen Augen nicht. Der Polier hatte eine Pistole in der Hand und einer der beiden jungen Kerle das Magazin dazu.

Des Fahrers Augen begannen zu leuchten. „Makarow PM, Acht-Schuss-Magazin, sehr zuverlässig, aber nicht besonders genau." Dann begann er zu grinsen. „Gehört die bei euch zur Grundausrüstung?"

Bruno fing sofort Feuer. „Alte NVA Bestände! Mensch, dass du die Waffe kennst ... Hast du auch gedient?"

„Ist lange her. Hatte einen LO 2002A, oben in Eggesin. Hab mich dann zum Feldwebel hochgearbeitet."

„Dann hattest du ja auch so eine." Bruno reichte dem Fahrer die Pistole.

Der Fahrer betrachtete die Seriennummer und das Baujahr. „Meine war von 1967." Er drehte die Pistole hin und her und sah sich heimlich um. „Mensch, hier könnten wir mal einen gucken lassen. Durchs Fenster in den Sandhaufen dort."

Bruno lehnte sich aus dem Fenster, als ob er wirklich darüber nachdachte.

Fred reichte dem Fahrer das Magazin mit den drei Patronen und grinste ihn verschwörerisch an.

Bruno trat vom Fenster zurück. „Warum eigentlich nicht? Die Jäger knallen doch im Wald auch rum."

Der Fahrer lud die Waffe und stellte sich neben Bruno. Er entsicherte, hielt den Arm nicht ganz durchgestreckt seitlich von sich und drückte ab.

BAM!

Es war ein ganz schöner Knall und eine kleine Sandfontäne spritzte draußen in die Luft. Die Patronenhülse flog rechts oben aus der Pistole heraus und tanzte über den Fußboden. Schießpulvergeruch verbreitete sich im Raum. Volker und Fred feierten und wollten unbedingt auch einmal schießen.

Der Fahrer wandte sich zur Tür. „Wartet bis ich die Planken vom LKW öffne, das knallt auch ganz ordentlich. Da fällt es nicht so auf." Er sah Bruno an. „Wohin eigentlich mit den Bordsteinen?"

Der zeigte durch die offene Tür. „Da drüben, neben die Steinzeugrohre."

Bruno gab Volker und Fred noch eine Sicherheitsunterweisung. Immer „Gesichert", stets die Mündung Richtung Boden halten, Arm nicht ganz durchstrecken. Beide Augen offen. Das gesamte Schussfeld im Blick haben, erst kurz vor dem Schuss entsichern und so weiter.

Draußen wurde für einen Moment der LKW rangiert, dann die erste Planke mit lautem Knall nach unten geklappt.

Volker drückte ab.

BAM!

Er sicherte die Pistole, gab sie an Fred weiter und schüttelte seine vom Rückstoß verstauchte Hand.

Fred entdeckte hinter dem Sandhaufen eine hölzerne Kabeltrommel, visierte diese an und schoss.

BAM!

Große Holzsplitter flogen durch die Luft.

Fred grinste. „Getroffen!"

Volker war baff. „Ach, du meine Fresse!"

Bruno hatte genug. „Verdammt, wohin solltest du schießen? Ihr habt wirklich nichts in der Birne." Er nahm Fred die Waffe ab. „Du gehst jetzt da raus, schnappst dir einen Schraubenzieher und holst das Projektil aus dem Holz."

„Häh, was soll ich aus'm Holz holen?"

Volker schob Fred Richtung Tür. „Die Kugel, Mann!"

Bruno packte die Waffe weg und sammelte die drei leeren Patronenhülsen vom Boden auf. „Und die Kugel legst du mir hier auf den Tisch."

Volker und Fred stocherten mit Schraubenziehern an der Kabeltrommel herum, wie Spechte an einem dürren Baum. Sie brauchten zum Bergen des Projektils so lange, wie Bernhard zum Abladen der ganzen Fuhre Bordsteine.

Schlussendlich versteckte Bruno die Pistole im Auto und schickte seine Leute wieder an die Arbeit. Das Schotterbett zum Bordensetzen auf die richtige Höhe bringen und mit der Rüttelplatte verdichten. Dabei nicht die Schnurpfähle mit den Schnüren über den Haufen fahren. Dann brauchte er erst einmal eine Pause. Er setzte sich an seinen Schreibtisch, breitete einen Bauplan vor sich aus, als würde er ihn studieren und schaute aus dem offenen Fenster.

Es klopfte kurz an der Tür und sein Bauleiter Wilhelm trat ein.

Bruno sprang auf und wollte schon salutieren.

„Moin, Bruno. Ich wollte eigentlich schon zum Frühstück dagewesen sein …"

„Moin." Bruno atmete tief durch. Das hätte noch gefehlt. Zum Glück war alles schon vorbei.

Doch Wilhelm roch mit einem Mal in der Luft herum und verzog das Gesicht. „Was ist denn das für ein Geruch? Rauchst du wieder?"

Bruno winkte ab. „Der Kutscher, der die Borden gebracht hat, latschte hier mit seiner Zigarre rein. Hab das Fenster schon eine halbe Stunde offen."

Wilhelm wanderte durch den Raum. „Naja, die Plätze in den Bauwagen habt ihr sicher auch ohne mich aufgeteilt. Also, der blaue ist nur geborgt, der ist für alle Nichtraucher. Und dann ist ja in Henris großem noch Platz genug ..." Dann betrachtete er den Bauplan auf dem Schreibtisch. Und gleich neben dem Plan fiel Wilhelm ein kleines Stück Metall ins Auge. Er nahm es zwischen Daumen und Zeigefinger und betrachtete es genau.

Bruno blieb zum zweiten Mal innerhalb kurzer Zeit fast das Herz stehen. Das Projektil hatte er ganz vergessen. Bevor Wilhelm auf den richtigen Gedanken kam, trat Bruno näher. „Haben die Lehrlinge gefunden. Könnte ein Meteoritensplitter sein ..."

Wilhelm lachte kurz auf. „Interessierst du dich immer noch für dieses Zeug?"

„Ist schon was dran, an den ganzen Geschichten. Fühl mal, wie schwer das ist. Ist bestimmt nicht von unserer Welt."

Wilhelm grinste. „Für mich sieht das aus wie eine Bleikugel. Als das alles hier noch Brachland war, haben bestimmt ein paar Jäger mal bisschen rumgeballert." Wilhelm legte die Kugel zurück auf den Tisch. „Conrad wird Montag fertig mit dem Kanalanschluss ans Ortsnetz. Die machen dann bei euch mit. Die Woche drauf hat Conrad Urlaub, drei Wochen. Sieh zu dass du mit ihm bis dahin alles abgesteckt und nivelliert hast ..."

Bruno war erstaunt. „Drei Wochen? Voll in der Saison?"

„Ist schon okay. Will nach Alaska. Hat das mit dem

Chef besprochen. Dafür muss er dann bis Weihnachten den neuen Sammler vom Klärwerk an der Pleiße bis nach Wendlingen bauen."

„Das sind fast zwei Kilometer. Kann der zaubern?"

„Anscheinend nicht, denn er will unbedingt seinen Lehrling wiederhaben und Erik zum Baggerfahren."

Bruno überlegte einen Moment. „Dort ist doch alles Wiese. Da braucht ihr einen Kettenbagger, nicht Erik mit seinem Radbagger. Der kommt doch nicht von der Stelle."

„Und damit kommen wir zum nächsten Punkt. Sieh zu, dass Henri dort oben mit seinem Regenkanal fertig wird. Der Dicke übernimmt später Eriks Bagger und Erik geht mit dem Kettenbagger zu Conrad in die Wildnis."

„Die Bagger tauschen? Das wird Erik nicht gefallen! Seiner ist geputzt und aufgeräumt, der vom Dicken total zugemüllt." Bruno schüttelte den Kopf. „Und wenn sie dann zurücktauschen, ist alles umgekehrt."

„Geht nicht anders. Conrad meint, nur mit Erik kann er dreißig bis vierzig Meter am Tag schaffen." Wilhelm machte eine Kopfbewegung zur Tür hinaus. „Henri muss also am Besten schon in drei Wochen fertig sein. Schau dort mal mit hin. Wenn die Hilfe brauchen und so und vielleicht kannst du ein paar Bemerkungen wegen ihrer Biersauferei machen. Bei mir reagieren die schon nicht mehr."

*

Montag Mittag war Conrads Bauwagen voll. Sechs Mann saßen rechts und links des schmalen Tisches, über dessen Stirnseite Steffens Gurkenfenster lag. Conrad, Erik und Fred auf der einen Seite. Steffen, Volker und Bernhard auf der anderen.

Erik grinste Volker und Bernhard an, die aus Henris Bauwagen geflohen waren, obwohl sie auch ab und zu eine rauchten. „Na, habt ihr's nicht mehr ausgehalten? Ihr hattet Glück. Jetzt ist kein Platz mehr für weitere Asylanten."

„Sind schon ganz schöne Vögel da drüben." Volker zeigte mit dem Daumen hinter sich.

Bernhard sah ihn streng an. „Bis auf Bert! Oder?"

„Ja, klar, bis auf Bert. Der braucht seine Zigaretten in den Pausen."

Conrad wusste schon Bescheid, wollte aber mal Volkers Meinung hören. „Und wieso Vögel?"

„Nennen mich ständig Arschkanne."

Das war nicht die Art Antwort, die Conrad erwartet hatte.

Erik grinste. „Kann mir gar nicht vorstellen, warum."

Volker machte seine Brotbüchse auf. „Die haben da drüben allerhand Spitznamen. Der Zecher, der Brenner, der Alkomat. Da fragte ich, wen wir Arschkanne nennen könnten. Ist doch ein cooler Name." Volker grinste und nahm eine Wurstbemme zur Hand.

„Ja, sau cool. Du siehst, wie man in den Wald hinein ruft …" Conrad hielt mitten im Satz inne und starrte Bernhard an.

Der hängte gerade ein zusammengerolltes Antennenkabel auf einen Kleiderhaken, kramte dann in seiner Tasche und legte einen WLAN-Router auf den

Gummistiefeln ab, die neben der Sitzbank standen. Dann kam seine Brotbüchse zum Vorschein und seine Thermoskanne.

„Willst du hier einziehen?" Conrad biss in einen seiner Äpfel.

„Bist du zu Hause rausgeflogen?" Erik blickte im Raum umher. „Ein Badezimmer haben wir hier nicht."

Bernhard schenkte sich Kaffee ein und öffnete seine Brotbüchse. Eine Schinkenbemme schnippte auf den Tisch. Es schien, als hätte er zu Hause die Bemmen in die Brotbüchse gedrückt und schnell den Deckel geschlossen und verriegelt. „Meine Kinder hängen nur im Internet rum oder vor der Glotze. Jetzt ist Schluss damit! Das Zeug gibt's erst wieder, wenn ich abends zu Hause bin."

„Und zu Essen haben sie auch nichts, oder?" Erik zeigte auf den Berg belegter Brote in Bernhards Brotbüchse. „Die machen Klimmzüge am Brotkasten bis du heimkommst. Was sagt eigentlich deine Frau dazu?"

„Die ist genauso schlimm. Hört bloß auf. Vor ein paar Wochen ist uns fast die Bude abgebrannt. Ließ ihr Bügeleisen auf der Wäsche stehen, um den Hund zu füttern. Als würde das nicht warten können. Aber er hätte so um sie rumgewinselt …" Bernhard verdrehte die Augen und hob dann den Zeigefinger. „Und als die Feuerwehr an der Tür klingelte, machte sie auf und der Hund rannte raus. Die Feuerwehrleute meinten, ein Nachbar hätte Rauch aus dem Fenster gemeldet und ob sie mal nachschauen sollten? Da sagte meine Frau, sie sollten schon mal reingehen, sie komme gleich nach, aber sie müsse erstmal den Hund suchen. Und damit lief sie die Straße hinunter, dem Köter hinterher."

Erik lachte auch, hatte aber seine Zweifel. „Das ist doch nicht wahr."

„Kannste glauben, die ist komisch."

Conrad zeigte auf WLAN-Router und Antennenkabel. „Ich glaube, ihr seid beide bisschen komisch, hm?"

Bernhard zuckte mit den Schultern.

Sie aßen und tranken und Volker holte eine große glänzende Tomate hervor. Als er hineinbiss, platzte sie an der rechten Seite auf und Saft, Kerne und Tomatenfleisch spritzten auf Steffens Platz und bis ans Fenster.

Augenblicklich lehnte sich Steffen zurück und hob abwehrend die Hände. „Ich war's nicht."

Volker lief knallrot an und wusste gar nichts zu sagen. Alle anderen grölten los.

Erik grinste. „Was für eine Arschkanne."

Conrad warf einen Apfelgriebs aus dem Fenster und dachte an das Gurkenwasser. „Eigentlich ist Steffen hier für Schweinereien zuständig. Aber ihr könnt euch da auch reinteilen."

Dann ging es wieder an die Arbeit. Conrad schickte Erik und Steffen zu ihrer Baustelle. „Füllt den Graben schon mal zu. Ich muss mit dem Leutnant noch was besprechen."

Erik hob seine gestreckte rechte Hand zum Militärgruß an die Schläfe. „Und grüß ordentlich, wenn du reingehst."

Auch Henris Männer polterten aus ihrem Bauwagen heraus. „Und, Arschkanne, wie schmeckt's da drüben?"

Volker lief rot an und wusste nichts zu sagen.

Bernhard wollte etwas entgegnen, aber Conrad stieß die beiden an. „Die arbeiten dort, wir arbeiten hier! Übrigens, Volker, so ein Spitzname kann auch das blanke Gegenteil bedeuten. Es gibt da einen LKW-Fahrer, denn nennen sie den Fetten. Als ich hier anfing und keinen kannte, schickten sie mich in den Frühstücksraum vom Steinbruch mit einer Nachricht für den Fetten. Ich sagte, dass ich ihn nicht kenne. Da meinten sie, wenn ich ihn sähe, wüsste ich dann schon Bescheid. Der Fette. Ich ging also rein und hielt Ausschau nach einem dicken Fahrer, nach dem dicksten Fahrer. Da waren viele recht dick, aber keiner war wirklich fett. Ich stand wohl eine Weile ziemlich hilflos herum, da fragte einer, der am ersten Tisch saß, ob ich wen suche. Ich hatte schon die Vermutung, irgendwie veralbert worden zu sein. Also beugte ich mich zu ihm hinunter und flüsterte, dass ich den Fetten suche. Der Mann sah sich kurz um und machte eine Kopfbewegung in den Raum hinein. ‚Da hinten am Fenster sitzt er doch.‘ Ich sah hin, aber da war keiner fett. Dann traf es mich wie ein Blitz. An einem Tisch am Fenster saß ein kleiner dünner Mann, der dünnste von allen. Er war irgendwie total fehl am Platz, passte nicht auf den Bau, war aber ein prima LKW-Fahrer. Den nannten sie den Fetten." Conrad klopfte Volker auf die Schulter. „Du kannst mit deiner Arbeit hier zeigen, dass du das blanke Gegenteil einer Arschkanne bist." Dann ging er zu Bruno.

Bernhard nahm Volker verschwörerisch beiseite. „Willst du dich an Henris Leuten rächen?"

Volker sah ihn überrascht an und Bernhard erzählte ihm seinen Plan.

Conrad klopfte derweilen an die Tür des Bürocontainers und trat ein. Neben Bauplänen, die mit Tesafilm an den Wänden klebten, fiel ihm sofort der Spruch auf, der über dem Schreibtisch hing.

Es reicht nicht, keinen Gedanken zu haben, du musst auch unfähig sein, ihn auszudrücken.

Conrad lachte vor sich hin. Dann besprach er mit Bruno das weitere strategische Vorgehen. Sie zerrten die verschiedenen Pläne auf dem Schreibtisch hin und her und Conrad erhaschte immer wieder einen Blick auf Brunos Schreibtischunterlage. Das war ein riesengroßer unlinierter Schreibblock mit der Werbung eines Rohrlieferanten entlang der oberen Kante eines jeden Blattes. Man konnte zum Beispiel während eines Telefonats Informationen, Gedanken oder Telefonnummern schnell aufschreiben. Man konnte aber auch Kreise, Quadrate oder andere Formen hinkritzeln und ausmalen, wenn das Telefonat langweilig war.

Oder man zeichnete.

Brunos Schreibunterlage war voll mit Sternen und Planeten, Sternschnuppen und Asteroidenfeldern. Es gab Raketen, Raumschiffe und ganze Raumstationen. Es gab Silhouetten von zukünftigen Städten, von fantastischen Gebäuden und Türmen. Es gab Mondlandschaften mit Meteoritenkratern und gelandeten Ufos.

Das also war Brunos Welt. Und Conrad war nicht

überrascht von Brunos Bemerkung, als sie dann draußen standen und die Baustelle überblickten.

Der Nieselregen vom Freitag hatte sich am Samstag und am Sonntag in richtigen Regen verwandelt. Obwohl heute, am Montag, schon wieder die Sonne schien, war das Gelände matschig und von Pfützen übersät.

Bruno kratzte sich am Kinn. „Wenn ihr oben fertig seid und mit eurem Bagger runterkommt, machen wir hier erstmal Ordnung. Weg mit dem ganzen Matsch und Schlamm! Mensch, hier sieht's aus." Er hielt beide Arme vor sich. „Stell dir mal vor, die Außerirdischen würden hier landen. Was hätten die für einen Eindruck von uns Menschen …?"

*

Der Sommer näherte sich seinem Ende und Conrad war auf dem Weg nach Alaska. Bis jetzt waren die Außerirdischen noch nicht gelandet, obwohl der Matsch weg war und breite Schotterpisten die zukünftigen Straßen verrieten. Man konnte sich schon ziemlich gut die Lagerhallen oder Bürogebäude vorstellen, die auf den Flächen zwischen den Straßen entstehen würden. Das Altersheim am Rand des Gebietes nahm Gestalt an und ein Bürogebäude daneben war schon fast fertig.

Es war klar, dass die Lehrlinge irgendwann darauf kamen, Bernhard und Bert Bernard und Bianca zu nennen, nach den beiden Disneymäusen. Sie machten auch eine ganze Weile ihre Witze über Bernard und Bianca. Bis zum Setzen der schweren Straßenborden.

Nun waren Bernard und Bianca dran, sich über die beiden Lehrlinge lustig zu machen, deren Arme immer länger wurden. „Na, ihr Leerlinge? Wenn ihr mal keine App aus dem Internet runterladen könnt, die die Borden für euch setzt, hängt ihr da wie welkes Gemüse."

Aber ein paar Tage später gab es dann für alle was zu lachen. Gleich zu Beginn der Frühstückspause war Tumult in Henris Bauwagen.

Das Geschrei war bis nach draußen zu hören. „Was ist denn das für eine Plärre?" Eine Flasche Bier flog aus der Tür, eine zweite hinterher. Sie kullerten über den Platz und schäumendes Bier spritzte in alle Richtungen. Eine weitere Flasche wurde verkehrtherum aus dem Fenster gehalten. Ihr gesamter Inhalt plätscherte auf den Boden. „Mensch, bist du zu dämlich zum Bierkaufen. Alkoholfrei! Da muss man mal aufs Etikett gucken."

Andere Stimmen klangen zufrieden. „Meins ist in Ordnung."

„Meins schmeckt auch."

„Jetzt gehst du los und holst uns neues und guck auf die Etiketten!"

Dann kam der Alkomat mit hängendem Kopf aus der Tür heraus, sammelte die beiden hingeworfenen Flaschen ein und machte sich auf den Weg zu Henris Regenwasserleitung, wo der Bierkasten im Kühlen stand.

Die Truppe vom Leutnant feierte. Bernhard und Volker grinsten sich an. Volker hatte gestern zum Feierabend, als Henris Truppe schon abgefahren war, einige

Flaschen aus deren Bierkasten gegen alkoholfreies Bier getauscht. Dieselbe Marke, mit ähnlichem Etikett.

Bernhard und Volker hatten aber noch einen anderen Streich vorbereitet. Ihr Verbündeter dabei war die Zeit. Es sollte nicht mehr allzulange dauern.

Fünf

Erich Glockners Baggerfahrer Bodo hatte ein ähnliches Problem mit seinem Bier. Lothar hatte ihn und seinen Minibagger nach Wendlingen in ein Wohngebiet gebracht. Sie hatten den Bagger neben einer Grünfläche vom Anhänger gefahren und saßen auf der Bordsteinkante und frühstückten.

Bodo holte seine Brotbüchse heraus und eine Flasche Bier. Er starrte ungläubig auf das Etikett. „Das glaub ich jetzt nicht! Alkoholfrei. Verdammt." Nachdenklich öffnete er die Flasche. „Ich war gestern wirklich nicht besonders nett zu Beate. Aber muss sie mich gleich so bestrafen?"

Lothar grinste nur über seinen Kaffee hinweg.

Plötzlich stellte Bodo die Flasche ab und kramte hastig in seiner Tasche. Er überprüfte sein Mittagsbier und die Flasche für den Feierabend. „Scheiße, Mann! Alles alkoholfrei."

„Musst sie ja ganz schön verärgert haben." Lothar lachte vor sich hin.

Nach dem Essen schauten sich beide die Markierungen auf der Grünfläche an. Hans hatte die Lage des vorhandenen Regenwasserkanals blau angesprüht. Dann gab es ein blaues Kreuz und blaue Striche entlang des Grünstreifens. Am Kreuz sollte Bodo anfangen und mit seinem Graben den blauen Strichen auf dem Grünstreifen parallel zur Straße folgen. Dann unter dem Bordstein durch einen Regeneinlauf anschließen, der in der Rinne der Straße saß. Die eigentliche Abflussleitung vom Regeneinlauf war irgendwie verstopft und anstatt die Straße aufzuschneiden und die Verstopfung zu suchen, war es einfacher, eine neue Abflussleitung zu legen und von der Grünfläche aus den Regeneinlauf neu anzuschließen.

Einen Meter rechts des blau markierten Grabens, den Bodo schachten sollte, waren rote Striche auf das Gras gesprüht.

Bodo verfolgte die Striche mit den Augen. „Eine Zehntausend-Volt-Leitung. Versorgt das ganze Wohngebiet."

Lothar drehte den Schachtschein des Energieversorgers hin und her und blätterte die anderen Schachtscheine durch. „Sonst liegt nichts weiter drin."

„Hat Hans auch gesagt. Ich soll nur ordentlich Abstand halten von dem Stromkabel. Ist noch aus DDR-Zeiten, da wird kein Warnband drüberliegen."

„Lass mal anfangen, vorn am Regenwasserkanal." Lothar schnappte sich eine Schaufel und ging zum blauen Kreuz.

Bodo startete seinen Bagger, fuhr in Position und grub seinen Baggerlöffel in die Grünfläche. Links war die Straße, dann Rinne und Bordstein. Dann sein Graben auf der Grünfläche. Rechts daneben die roten Striche vom Starkstromkabel, dann kam der Fußweg. Den Aushub konnte Bodo rechts neben seinem Graben auf den roten Strichen lagern. Ein bisschen kullerte zwar immer auf den Fußweg, aber selbst mit einem Kinderwagen kam man noch prima vorbei.

Nach einer Weile hatten sie das Betonrohr vom Regenwasserkanal in anderthalb Meter Tiefe gefunden. Lothar machte es mit der Schaufel ordentlich frei. Hier würden sie den Regenwasserkanal anbohren und eine neue Abflussleitung zum Regeneinlauf legen.

Den Graben für diese Abflussleitung schachtete Bodo jetzt weiter, mit leichtem Gefälle zum Betonrohr, immer den blauen Strichen nach, mit viel Abstand zu den roten. Lothar spielte noch für kurze Zeit seinen Nachschachter. Das heißt, er stand auf die Schaufel gestützt im Graben, kontrollierte ab und zu die Tiefe, hielt Ausschau nach Anzeichen für doch nicht eingezeichnete Leitungen oder Kabel und gab Bodo entsprechende Hinweise.

Dann wurde Lothar ungeduldig. Er sah sich um. „Mensch, wo bleibt denn Helmut? Kann doch nicht so lange dauern, für einen Gasanschluss ein Loch durch die Wand zu bohren …" Er legte die Schaufel neben den Graben. „Tut mir leid, Mann, ich muss erstmal los. Egon und Edmund brauchen noch 'ne Fuhre Schotter."

Bodo baggerte weiter und hob die Hand. „Der wird schon gleich kommen. Ich mach mal weiter."

„Erich und Hans würden meckern, wenn du ohne Nachschachter weiterbaggerst."

„Erich meckert aber auch, wenn er kommt und ich stehe hier rum und warte."

„Ja, dann mach einfach langsam. Was soll schon passieren? Liegt ja nichts drin." Und Lothar fuhr los.

Bodo baggerte vorsichtig weiter. Vorerst passierte wirklich nichts. Bis Helmuts Auto auftauchte. Endlich kam sein Nachschachter. Bodo atmete auf und beobachtete, wie Helmut parkte. Er bemerkte die kleinen roten Brocken von uralten Backsteinen nicht, die er gerade mit dem restlichen Aushub auf der Grünfläche ablegte. Einige kullerten auf den Fußweg. Bodo grüßte Helmut und tauchte den Löffel wieder in den Graben.

Und plötzlich gingen überall im Wohngebiet die Lichter aus. Fernseher, Kühlschränke, Küchenmaschinen und alle möglichen elektrischen Geräte versagten ihren Dienst.

Bodo hatte sein ganz privates Silvesterfeuerwerk im Graben. Er war mit dem Baggerlöffel auf der Hochspannungsleitung entlanggeschrammt und hatte sie beschädigt. Kurzschluss. Bis in irgendeiner Trafostation die Sicherungen rausflogen, funkte es gewaltig. Er saß im Bagger wie vom Blitz getroffen. Die Hände augenblicklich von den Steuerhebeln genommen und vor sich haltend, als wäre er erstarrt. „Scheiße."

Helmut war aus seinem Auto gestiegen und blieb mitten auf der Straße stehen. „Ach du meine Fresse!" Er starrte auf das Feuerwerk im Graben und wusste, dass es diesmal mehr Ärger geben würde, als sonst.

Dann erstarb der Funkenregen und eine unheimliche Stille umfing die beiden.

Bis Helmut hastig sein Telefon herausholte und Hans anrief. Hans wählte sofort die Nummer der Störungsstelle des Energieversorgers und rief quer durchs Büro zu Erich hinüber, dass sie vielleicht beide mal nach Wendlingen auf die Baustelle fahren sollten.

Bodo zwang sich dazu, die gelben Plastikhebel, mit denen er den Bagger steuerte, doch noch einmal anzufassen. Er hob den Baggerlöffel aus dem Graben und legte ihn auf dem Aushub ab. Dann stieg er aus dem Bagger, als würde er schlafwandeln. Er schaute mit Helmut in den Graben hinein. Viel war nicht zu sehen, aber auf der Grabensohle verlief das Hochspannungskabel, das Hans einen Meter weiter entfernt angesprüht hatte. Das Kabel kam ganz spitz von der Seite, ging nicht einmal bis zur Mitte des Grabens, machte einen langen Bogen und verschwand wieder auf derselben Seite, von der es gekommen war. Es sah aus wie ein Kabel, das man sorglos in einen viel zu breiten Graben geworfen hatte und das sich dann so dahinschlängelte. Am Rand konnte man noch die alten Backsteine ausmachen, mit denen zur Zeit der Verlegung das Kabel abgedeckt worden war.

„Hast du angerufen?" Bodo war immer noch schockiert.

„Ja, Hans kümmert sich. Wir sollen hier warten und uns vom Kabel fernhalten."

Bodo holte eine Flasche Bier aus dem Bagger.

Helmut konnte jetzt auch einen Schluck vertragen. „Hast du noch eine?"

„Klar, ist aber nur alkoholfrei."

„Alkoholfrei? Was ist denn mit dir los?"

„Ach, frag nicht, ist wohl nicht so mein Tag heute."
Bodo reichte Helmut die Flasche.

Sie setzten sich auf die Bordsteinkante und tranken
schweigend.

Nach einer Weile sah sich Helmut um. „Stromausfall
am Vormittag. Ein Glück, dass das nur ein Wohngebiet
ist. Da ist das kein Problem. Ein paar Hausfrauen oder
Arbeitslose, die nicht mehr fernsehen gucken können …"

„Ihr gehört auch bald zu denen, wenn ihr so weiter-
macht!" Erich Glockner stand plötzlich hinter ihnen.

Bodo und Helmut sprangen auf, die Bierflaschen in
den Händen.

„Und dann noch Bier trinken! Das kann doch nicht
wahr sein!" Erich war kurz vorm explodieren.

„Ist doch alkoholfrei." Bodo klang ziemlich kleinlaut.

„Verarscht mich noch! Ihr und alkoholfrei …!" Erich
nahm Bodo die Flasche ab und erstarrte. Es war tatsächlich alkoholfrei. Was war denn hier los?

Aber sein Unmut verrauchte nicht so schnell. „Na
und? Wenn die Leute hinter ihren Gardinen rausgu-
cken, weil ihre Fernseher nicht mehr gehen, denkst du,
die erkennen das Etikett. Für die sieht das aus wie Bier,
Mann. Los, die Flaschen weg!"

Hans kletterte derweilen mit seinem Zollstock und
dem Schachtschein auf dem Aushub herum, der auf
einem Teil seiner roten Markierungen lag. „Erich, die
Lage des Kabels stimmt nicht mit deren Plänen über-
ein."

„Dann lies mir mal den eingerahmten Satz ganz unten auf dem Plan vor."

„Die angegebenen Maße sind Richtwerte. Die genaue Lage der Leitungen ist vor Baubeginn durch Handschachtung zu ermitteln." Hans kannte den Satz.

Und er wusste auch, dass es unmöglich war, sich daran zu halten, wenn die Leitung nicht dort verlief, wo man arbeitete. Keiner grub neben seinem Graben ein Loch, um zu sehen, dass dort ein Kabel verlief, dass er nie berühren würde. Aber nun hatten sie es berührt …

„Mensch, Helmut, bist du blind?" Erich hatte Helmut am Morgen zum Nachschachten eingeteilt. „Die Backsteine! Das musst du doch sehen."

Bodo wurde immer leiser. „Helmut war doch noch gar nicht da. War voll meine Schuld."

„Was? Ohne Nachschachter gebaggert?" Erich raufte sich die Haare. „Ich werde noch wahnsinnig mit euch."

Nachdenklich stand Hans auf dem Erdhügel und blickte in den Graben. „Vielleicht auch gut so. Hätte er im Graben gestanden, hätte er womöglich einen Stromschlag bekommen."

„Hätte er im Graben gestanden, hätte er vielleicht die Backsteine gesehen, bevor sie zerkrümelt im Aushub landeten! Und Bodo hätte angehalten, bevor Helmut seinen Stromschlag bekam." Erich brummte noch ein paar Flüche vor sich hin. Dann sah er den Mann vom Störungsdienst.

Bevor der Mann näherkam, ging Hans ihm entgegen und Erich wurde ganz leise. „Also, wenn einer fragt, Helmut, dann warst du Nachschachter. Klar?"

Helmut nickte. „Hmm."

Hans blätterte mit dem Mann vom Störungsdienst die Schachtscheine durch. Er erklärte, dass sie zu Beginn ein Loch geschachtet hätten und die Leitung wirklich einen Meter entfernt gelegen hätte. Das Loch könne man nicht mehr sehen, da es unter dem Aushub läge. Hans spielte seine Rolle gut, Notlügen gehörten mittlerweile zum Beruf.

Sie standen am Grabenrand und blickten hinein.

Der Mann vom Störungsdienst war selbst ein bisschen sauer auf die Lage des Kabels. Das Kabel machte ja tatsächlich was es wollte. „Mann, waren die damals besoffen, als die das gelegt haben?"

Sie machten einige Fotos, gingen dann zum Auto und begannen, die Formulare der Schadensmeldung auszufüllen.

In dem Moment kamen zwei Monteure von der „Funk und Hascher GmbH" mit ihrem Transporter an und erklärten das Kabel für spannungsfrei.

„Na dann, UB 1!" Erich zeigte in den Graben und Bodo und Helmut legten das Kabel mittels Handschachtung frei.

Die beiden Monteure packten ihr Werkzeug aus und machten sich gerade daran, den Schaden zu reparieren, als eine hübsche junge Frau in einem weißen Kittel erschien.

Erich nahm sich sofort ihrer an. „Können wir helfen?"

„Ja, vielleicht. Wir wollen nur wissen, wann der Strom wiederkommt."

„Kann schon noch eine Weile dauern. Haben Sie ein Geschäft oder so?" Erich ahnte schon Schlimmes.

„Ich bin Sprechstundenhilfe bei Dr. Zange, er ist Zahnarzt. Da warten jetzt schon einige Patienten und wir wollten gern wissen, ob wir sie heimschicken sollen."

Einer der Monteure stand im Graben auf und hielt eine Kombizange hoch. „Die dringenden Fälle könnt ihr auch zu uns schicken."

Der andere grinste vor sich hin. „Habt ihr keine Stirnlampen und Akkubohrer?"

Bevor noch mehr dumme Bemerkungen kommen konnten, besänftigte Erich die Frau. „Es tut uns leid, dass das passiert ist. Vielleicht verlegen Sie lieber die Termine auf den Nachmittag. Dann ist alles wieder in Ordnung."

Die Frau bedankte sich und ging. Die Männer blickten ihr eine ganze Weile hinterher.

Hans kam vom Formulareausfüllen zurück. „Wer war das denn?"

Erich seufzte. „Da hinten gibt es einen Zahnarzt. Jetzt wird's teuer."

Hans grinste. „Nicht für uns."

Erich starrte ihn hoffnungsvoll an.

„War nicht unsere Schuld. Die übernehmen die Kosten selbst."

„Na, ein Glück." Erich atmete auf.

Trotzdem kreisten Erichs Gedanken in letzter Zeit um die Idee, die Firma nicht zu schließen, sondern sie zu verkaufen. Mitsamt seinen Leuten, die dann einfach weiterarbeiten würden wie bisher, nur würde sich jemand anders um die ganze Bürokratie und den Ärger kümmern. Es ging halt ständig auf und ab. Da lief mal eine Baustelle richtig gut. Auf der nächsten kippte Egon mit dem Minibagger um. Und nicht mal mit ihrem eigenen, da wäre es ja noch zu verkraften, aber der war zur Reparatur. Es war ein gemieteter und da wurden jeder Spiegel und jeder Kratzer in Rechnung gestellt. Natürlich hatte Erich eine Versicherung, aber immer mit einer satten Selbstbeteiligung. Und um den Betrag tat es ihm jedes Mal leid.

Da schachtete Bodo für ein Stromkabel ganz knapp an einem Firmenzaun entlang. Vierzig Meter, ohne einen einzigen Kratzer am Zaun! Rekordverdächtig! Erich war richtig stolz. Und am nächsten Tag versuchte Edmund ihren Multikar zu wenden und krachte rückwärts dermaßen in denselben Zaun, dass zwei Felder und eine Zaunsäule erneuert werden mussten. Und das an einer Stelle, wo ein Vierzigtonner hätte wenden können!

Beim Schießen für eine Gasleitung blieb die Erdrakete in einem schmalen Gang zwischen zwei Häusern stecken. Ausgerechnet dort, wo kein Bagger hinkam. UB 1, einen ganzen Tag lang, bis die Rakete und der große Stein, der sie gestoppt hatte, freigeschaufelt waren.

Dann eine Polizeikontrolle bei ihrem Multikar und Strafe wegen unzureichend gesicherter Ladung. Ihr LKW musste zum TÜV und Erich wusste, dass es einen Haufen zu bemängeln geben würde.

All das waren klare Zeichen für Erich, endlich das

Handtuch zu werfen und sich mehr Zeit für seine Enkel zu nehmen.

Es gab schon zwei Interessenten für Erichs Firma, aber Hans nahm Erich allen Mut, als sie auf der Rückfahrt über die beiden sprachen.

„Der Wilfried ist ja ein guter Kerl und hat auch voll den fachlichen Durchblick, aber glaub mir …" Hans schüttelte zweifelnd mit dem Kopf. „… der hat keine Ahnung von der ganzen Bürokratie, auf die er sich da einlässt."

„Da hast du recht, er hat nicht einmal nach den Ausgaben und Kosten gefragt. In dieser Beziehung ist der Martin voll auf der Höhe, hatte gleich einen Finanzplan aufgestellt, mit den Zahlen, über die er mich ausgefragt hatte."

„Ja, das war beeindruckend. Er ist auch praktisch veranlagt, aber … ich weiß nicht … wenn's kompliziert wird auf den Baustellen, fehlt ihm die Erfahrung." Hans hatte einen Gedanken und hob seinen Zeigefinger. „Die beiden zusammen wären das richtige Team."

Team. Nun fiel bei Erich ein Groschen. „Du sagst, dir wäre das auch alles zu viel. Für einen allein ist es das auch. Aber du wärst der Richtige für den Job, glaub mir, und zwar zusammen mit deiner Freundin, hier, ähm, die von Schachtbau, mit der du immer Mittagessen gehst."

„Sie ist nicht meine Freundin." Hans musste lächeln, als er an Victoria dachte.

„Das wird schon noch. Du bist noch nicht so alt, dass du allein bleiben musst."

„Ach, allein ist gar nicht so verkehrt. Frauen können ganz schönen Stress bedeuten."

„Da hast du verdammt recht. Aber sie sind auch das Licht in unserer Welt." Mit diesen Worten fuhr Erich nach Wasserstedt hinein und hatte plötzlich ordentlich zu tun, alle möglichen Leute zu grüßen.

Hans dachte an Victoria. Sie bedeutete keinen Stress. Nicht einmal ansatzweise. Sie war einfach … Hans hatte keine Worte dafür. Wenn sie mittags irgendwo picknickten, an Wochenenden joggen gingen oder mit dem Mountainbike durch den Regen fuhren, war ihr nichts zu viel, keine von Hans´ spontanen Ideen zu verrückt, als dass sie nicht von ihr selbst hätten kommen können, wie Schachspielen auf einer Bank in der Einkaufsstraße der Kreisstadt mit ungläubigen Blicken von allen Seiten.

Und doch stand irgendetwas zwischen ihnen, es gab eine Grenze, die Victoria nicht überschritt. Sie hatten sich schon sonstwo verabredet, oft auch bei Hans zu Hause, aber nie bei ihr.

Sechs

Die letzte Woche für Henris Truppe brach an. Vergangenen Donnerstag hatten sie mit einem Autokran den letzten der riesigen Schächte der Regenwasserleitung gesetzt. Es hatte zwar den ganzen Tag gedauert, aber der mächtige Kran, der mit seinem Ausleger jedes Gebäude des Ortes überragte, war weder umgekippt, noch hatte er irgendwelche Oberleitungen gekappt oder Häuser beschädigt.

Nun war noch genügend Zeit den provisorischen Anschluss des alten Ortsnetzes zu machen. Irgendwann würde auch das erneuert werden, neue Aufträge für die Tiefbauer, aber nicht mehr in diesem Jahr.

Bert hatte Conrads Platz neben Erik im geborgten blauen Bauwagen eingenommen und ging mit Bernhard und Volker nach dem Essen zum Rauchen an die frische Luft. Seit einigen Tagen bot sich währenddessen ein lustiges Bild.

Sie beobachteten, wie Henris Bauwagen übertrieben oft gelüftet wurde. Nicht jedoch wegen des Zigarettenqualms. Henris Leute trugen auch Gummistiefel und Wechselschuhe nach draußen, schütteten sie aus, schnüffelten daran herum und beschuldigten sich gegenseitig, gefurzt zu haben. Regenklamotten wurden ausgeschüttelt, Unmengen an Dreck aus der Tür gekehrt und ganze Säcke voller Müll entsorgt. Aber nichts schien zu helfen.

Morgens war es am Schlimmsten. Henris Bauwagen wurde zum Feierabend abgeschlossen und irgendein rätselhafter Gestank konnte sich über Nacht entfalten, bis ein mutiger Kerl zu Arbeitsbeginn mit angehaltenem Atem die Tür und alle Fenster öffnete. Am Montag noch hatten die Männer ihre Vorratstaschen widerstrebend in den Bauwagen gestellt. Am Dienstag beließen sie sie im Mannschaftstransporter und holten sie erst zum Frühstück in den Bauwagen. Am Mittwoch machten sie die Pausen in ihrem Mannschaftstransporter. Selbst nach dem Herausstellen aller Schuhe und Stiefel, ausgiebigem Lüften und Herumwedeln mit Jacken und Papptafeln war es im Bauwagen nicht mehr auszuhalten.

Mittwoch Nachmittag, zum Feierabend ihres letzten Tages, gab Henri Bruno den Schlüssel zum Wagen. „Hier. Wir haben unsere Sachen raus, soll sich der Werkstattmeister um den Gestank kümmern."

Bernhard stand nicht weit entfernt neben seinem Radlader. „Vielleicht stinkt's jetzt gar nicht mehr."

„Haha, setzt euch ruhig rein, wir sind ab morgen in Kiesfelde und bekommen einen anderen Bauwagen." Henri steuerte seinen Transporter an und bemerkte die mit Pflastersplitt beladene Schubkarre, die vor dem Auto mitten im Weg stand. Er sah sich um und suchte die Lehrlinge. Das war nun also ihr letzter Streich. Bevor er sie entdecken und vollmeckern konnte, hatte der Alkomat auch schon erkannt, dass die Schubkarre ihrem Feierabend im Weg stand.

Er packte die Griffe der Karre, hob sie an und schob sie mit leise quietschendem Rad zur Seite. Er bemerkte nicht, dass die rechte der beiden Stützen abfiel.

Eigentlich fiel die Stütze nicht jetzt ab. Die Karre war schon eine Weile kaputt und wurde nicht mehr benutzt. Bruno wollte sie zum Schweißen in die Werkstatt bringen. Aber Volker und Fred hatten sie für Henri noch einmal vollgeladen und trickreich vor dessen Auto postiert. Die Stütze hatten sie so unter die Karre gestellt, als wäre sie nie abgefallen. Wenn man sie nicht aus Versehen anstieß, stand sie recht stabil. Wenn man die Schubkarre jedoch anhob, fiel die Stütze um und die Karre hatte nur noch ihr Rad und die linke Stütze.

Als der Alkomat nun die Karre abstellte, kippte sie zur Seite. Der rechte Griffholm schlug ihm aufs Knie, der linke seitlich vor den Oberschenkel. Er stöhnte auf, stolperte unbeholfen zur Seite und stürzte.

Seine Kollegen saßen schon im Transporter, aber sie beobachteten das Schauspiel durch die Frontscheibe und grölten los.

Brunos Leute feierten. Volker lehnte vor Lachen am Werkzeugcontainer. Fred stand johlend daneben und hielt sich an seiner Schaufel fest.

Schwerfällig kam der Alkomat wieder auf die Beine und betrachtete den Splitt, den er verschüttet hatte. „Scheiße, Mann, wie konnte das denn passieren?"

„Das kann ich dir genau sagen!" Henri wusste schon Bescheid und suchte hastig im Fußraum seines Transporters eine leere Dose Markierspray. Er warf sie nach Volker und Fred. „Ihr Penner!"

Die Dose flog mit metallischem Klingen an die Containerwand und landete Fred vor den Füßen.

„Selber Penner!" Und aus einer Laune heraus schlug Fred mit der Schaufel auf die Dose ein, als ob das Henri irgendwie beindrucken könnte.

„Nein, nicht!" Volker griff nach Freds Arm, verhinderte aber nicht, dass die Kante der Schaufel ein Leck in die Dose schlug.

Die Spraydose war zwar leer, aber der winzige Rest an Treibgas genügte, um Volker und Fred in roten Nebel zu hüllen.

Dann hatten auch die anderen was zu lachen.

Henri und der Alkomat spotteten über die Sommersprossen, die die Gesichter und Klamotten der beiden Lehrlinge bedeckten. „So sehen also Arschkannen aus. Alles klar."

Johlend fuhr Henris Truppe davon.

Volker und Fred standen an den Seitenspiegeln von Brunos Transporter und versuchten, die Punkte abzuwischen. Es gelang ihnen nicht. Sie mussten noch allerhand Bemerkungen über ihr neues Aussehen erdulden.

Bernhard kam mit einem Akkuschrauber in der Hand aus dem Werkzeugcontainer. Grinsend winkte er Volker heran. „Bring mal zwei Müllsäcke mit, am Besten gleich ineinander gesteckt." Dann ging er zu Henris Bauwagen.

Vorsichtig schraubten sie das Sperrholzbrett ab, das sie zwei Wochen zuvor mit langen Schrauben und genügend Abstand von unten an die Tischplatte in Henris Bauwagen geschraubt hatten. Damals hatten sie einen großen, frischen Camembert-Käse auf das Brettchen geschoben. Nun mussten sie höllisch aufpassen, dass von dem zerlaufenen stinkenden Käse nichts auf ihre Hände oder den Boden tropfte. Käse und Brettchen verschwanden im doppelwandigen Müllsack und Henris Bauwagen war wieder bewohnbar.

Bernhard grinste. „Kein Wort zum Werkstattmeister, wenn der morgen kommt, klar?"

„Wir lassen die Fenster über Nacht mal offen." Erik sah sich prüfend um. „Glaube nicht, dass hier jemand einsteigt."

„Höchstens irgendwelches Viehzeug."

Sie räumten zusammen und fuhren heim.

Als Steffen am nächsten Morgen den Bauwagen aufschloss, schoss ihm tatsächlich eine graue Katze mit buschigem Schwanz durch die Beine. Er ließ die Tür offen, damit auch der letzte Käsegeruch verfliegen konnte. Zwölf Uhr Mittags war der Wagen bezugsfertig. Kein Gestank mehr, als Brunos Truppe Pause machte und der Werkstattmeister klopfte und eintrat.

Er schnupperte in der Luft herum und schaute fragend in die Runde. „Henri sagt, hier stinkt's."

Erik grinste. „Jetzt nicht mehr."

Alle lachten los. Auch der Werkstattmeister. Aber der lachte über Volker.

Fred hatte das rote Markierspray zu Hause mit irgendwelchen radikalen Mitteln entfernen können. Volker hingegen sah aus wie Pippi Langstrumpf.

Dem Werkstattmeister fiel noch ein anderer Vergleich ein. „Wenn du dir die Haare rot färbst, siehst du aus wie das Sams, mit den ganzen Punkten im Gesicht."

„Wir haben schon allerhand Wünsche geäußert." Bernhard trank einen Schluck Wasser und wünschte, es wäre Bier. „Aber die Punkte verschwinden einfach nicht."

„Die Punkte verschwinden doch nur, wenn die Wünsche in Erfüllung gehen." Erik nickte Volker zu. „Also streng dich mal an."

„Eure Wünsche erfüllen? Pff, da lauf ich lieber bis Weihnachten so rum." Volker hatte keine Wahl, als die Späße mitzumachen.

Nach der Pause gingen sie hinaus und betrachteten verwundert den kleinen Firmen-LKW, den normalerweise Ewald fuhr. Aber Ewald war nirgends zu sehen.

„Alle krank. Da geht wohl so ein Virus um. Esst mal schön euer grünes Gemüse!" Der Werkstattmeister hatte den kleinen Lkw selbst gefahren, auf dessen Ladefläche eine seltsame gelbe Maschine stand. „Hat euch der Chef spendiert. Ist zum Abziehen des Splitts wenn ihr pflastert. Bei den breiten Fußwegen eine gute Idee. Ich frage mich nur, wer in einem Gewerbegebiet drei Meter breite Fußwege braucht?"

Bert grinste. „Die Projektanten. Je teurer der Bau, desto höher ihre Bezahlung."

„Häh? Wieso das denn?" Fred sah Volker an, als ob der es wüsste.

Aber Bert antwortete. „Die kriegen doch umso mehr, je aufwändiger ihr Projekt ist. Das ist schon okay, sie müssen ja mehr Pläne zeichnen und die ganzen Berechnungen machen und so. Aber hin und wieder wird das auch ausgenutzt." Er kletterte auf die Ladefläche des LKWs.

Erik kam schon mit dem Bagger gefahren. Am Baggerlöffel baumelte ein Gehänge mit vier gleichlangen Ketten. Bert hängte die Haken vom Ende der Ketten in die Ösen an der Maschine und Erik hob das Gerät vom Lkw und setzte es auf dem Boden ab. Alle standen neugierig daneben.

Der Werkstattmeister ging um das Gerät herum und erklärte die Einstellmöglichkeiten. „Die Maschine läuft auf diesen Rollen hier, rechts und links auf dem Bordstein. Hier könnt ihr die Breite verstellen, mit den Schrauben dort, unterschiedliche Höhen über der rechten oder linken Borde einrichten, je nachdem ob das Pflaster, wenn's fertig ist, bündig sein soll, wie auf der Straßenseite oder einen Anschlag hat, wie an der Borde, die zu den Grundstücken zeigt."

Alle nickten, obwohl Volker und Fred nichts verstanden hatten und Steffen einen Multikar beobachtete, der in die benachbarte Apfelplantage einfuhr.

Der Werkstattmeister sah Bernhard an. „Ihr stellt die Breite ein und setzt dann die Maschine vorsichtig auf den Borden ab. Du fährst zwischen den Borden, da wo der Fußweg hinkommt und kippst eine Radladerschaufel Splitt ins Gerät. Die Zugkette hängst du dir über die Zähne an deiner Schaufel, fährst rückwärts und ziehst die Maschine den Fußweg entlang. Hinter der Maschine entsteht das fertige Splittbett zum Pflastern. Und dann verlegt ihr nur noch die Pflastersteine."

Erik hatte seinen Bagger abgestellt und kam näher. „Und Ruck Zuck seid ihr fertig!"

„Das wäre auch besser so." Ihr Bauleiter Wilhelm war still und leise dazu gekommen. „Wir sind nämlich ganz schön unter Termindruck."

Die Männer schauten auf.

Bruno stand stramm und nahm gewohnheitsgemäß die Hände seitlich an die Hosennaht. „Also Genossen, an die Arbeit."

Aber neben Steffen beobachteten nun auch Volker und Fred den Multikar zwischen den Apfelbäumen. Er stand genau unter einem Baum und zwei Männer kletterten auf der Ladefläche und dem Dach herum und pflückten Äpfel.

Wilhelm schüttelte den Kopf. „Das sind doch die Leute vom alten Glockner, die haben vorn im Ort seit einer Woche die Straße offen, irgend so eine Abwasserdruckleitung …" Dann sah Wilhelm die Lehrlinge an. „Also Freunde, wenn ihr nicht bei denen landen wollt, macht ihr hier ordentlich eure Arbeit."

Fred grinste. „Wieso, ist doch cool, nach dem Mittag noch paar Äpfel zu pflücken."

„Anstatt zu arbeiten, oder was?" Bruno scheuchte die Lehrlinge zum Werkzeugcontainer, schaute aber selbst interessiert zu den Apfelbäumen.

Wilhelm rief Steffen zurück. „Du nicht. Du setzt jetzt mit Erik den großen Kettenbagger um. Der Tieflader ist schon unterwegs. Ihr fangt heute noch drüben an der Pleiße an, wo sie das neue Klärwerk bauen."

Steffen kam sich etwas überfordert vor. „Aber Conrad kommt doch erst Montag zurück."

Wilhelm grinste. „Ganz genau. Die Maurer haben schon das Einlaufbauwerk in die Pleiße fertig. Und da legt ihr heute und morgen ein paar Rohre Richtung Klärwerk. Wenn Conrad am Montag kommt, hat er einen guten Start. Es sind siebzig Meter vom Fluss bis zum Klärwerk. Ist nur der Ablauf, knapp eins fünfzig tief. Das geklärte Wasser muss ja in den Fluss laufen können. Der Zulauf ins Klärwerk wird um einiges tiefer. Aber darum kümmert sich Conrad, wenn ihn die Grizzlybären nicht gefressen haben."

Steffen war ein bisschen flau im Magen. „Also, ich soll die Rohre legen?"

Erik stieß Steffen an. „Hat dir Conrad doch gezeigt, oder? Keine Sorge, ich bin ja auch noch da." Dann wandte er sich an Wilhelm. „Hast du ein paar Mülltüten mitgebracht?"

Wilhelm sah Erik an und hatte keine Ahnung, wie diese Frage gemeint war.

Erik zeigte auf den Kettenbagger vom Dicken. „Vielleicht sollten wir den auch erstmal auskärchern."

Jetzt wusste Wilhelm Bescheid. „Komm schon! Fenster putzen, bisschen auskehren und abschmieren, und der Bagger ist fast wie neu."

In diesem Moment fuhr der Werkstattmeister in Ewalds LKW vorbei. Er hatte Erich Glockners blauen Bauwagen angehängt und lehnte sich aus dem Fenster. „Den Bauwagen habt ihr doch auch hinbekommen, den wird der alte Glockner nicht wiedererkennen."

„Keine Ursache. Wir bringen gern anderen ihr Zeug in Ordnung." Erik stellte sich vor, wie sie den vermüllten Kettenbagger vom Dicken putzen würden. „Hoffentlich wird das nicht zur Gewohnheit."

Und so richteten Erik und Steffen am Donnerstag Nachmittag den Kettenbagger her. Am Freitag legten sie tatsächlich sechs Rohre und bedeckten sie mit nicht zu grobem Splitt. Nicht schlecht, dachte Steffen. Es begann zu nieseln und sie verfüllten den Graben mit der zuvor ausgehobenen Erde. Den überschüssigen

Aushub verteilte Erik gleichmäßig auf der Oberfläche. Alles wurde mit einer fast anderthalb Tonnen schweren Grabenwalze verdichtet. Hinter dieser Walze herzulaufen und sie mit zwei Hebeln wie ein Kettenfahrzeug zu steuern, machte Steffen besonderen Spaß. Der Matsch an den Schuhen war nicht so seine Sache.

Zum Feierabend warfen Steffen und Erik einen letzten Blick auf ihre neue Baustelle. Am Rand der Wiese, unter alten Weiden, stand ihr gelber Bauwagen, daneben zwei Stapel mit Steinzeugrohren. Direkt in der Flussböschung versteckte sich ein kleines Einlaufbauwerk aus Natursteinen zwischen dem Gestrüpp. Siebzig Meter weiter inland entstand bereits die Baugrube für das Klärwerk. Einige Holzpfähle wiesen die Richtung der Ablaufleitung vom Klärwerk bis zum Fluss. Man begann mit der Verlegung an der tiefsten Stelle. Fünfzehn Meter entfernt vom Einlauf endete das sechste Rohr. Hier war der Graben noch offen und hier würde es am Montag weitergehen. Bis zum Fluss konnte man die Lage der verlegten Rohrleitung unter frischer Erde erahnen.

Plötzlich wurde aus dem Niesel richtiger Regen und Erik hatte Mühe ihren Transporter von der nassen Wiese auf die Straße zu fahren. Sie überquerten die Pleiße, die schon etwas mehr Wasser führte als üblich, und bogen links nach Wasserstedt ab.

*

Volker und Fred hatten Freude mit der neuen Maschine zum Abziehen des Pflasterbettes. Sie mussten nicht viel machen, solange genügend Splitt in der Vorratswanne war. Sie liefen rechts und links der Maschine, während Bernhard mit dem Radlader rückwärts fuhr und die Maschine zog.

Bernhard hatte zu DDR-Zeiten in der Sowjetunion an der Druschba-Trasse gearbeitet. „Druschba" ist das russische Wort für „Freundschaft". Die Erdgastrasse führte Hunderte Kilometer durch die Wildnis und Bernhard hatte Geschichten erzählt, wie sie mit Planierraupen einfach geradeaus durch die Birkenwälder gefahren wären und alles platt gemacht hätten, was ihnen vor die Schiebeschilde kam. Und wie sie im Winter die Dieselmotoren über Nacht laufen ließen, weil sie am Morgen nicht anspringen würden. Und wenn doch mal ein Motor ausgegangen war, hätten sie ein Feuer unter der Maschine gemacht, um bei Minus 30 Grad den zähen Diesel wieder flüssig zu bekommen. Und abends hätte es Wodka gegeben und ab und zu Kino mit Filmen auf Russisch, über die sich die ostdeutschen Arbeiter solange lustig machten, bis ein paar grobe Russen aus Sibirien ihnen das Maul stopften.

Jedenfalls hatten Volker und Fred nun ein paar russische Worte gelernt und riefen „Stoi!", wenn der Splitt zu Ende ging und Bernhard anhalten sollte. Nachdem der Splitt wieder aufgefüllt war und sie die Ketten der Maschine über die Zähne der Radladerschaufel gehängt hatten, riefen sie „Dawai, nasad!" und Bernhard fuhr rückwärts und zog die Maschine. Volker und Fred fühlten sich wie Dompteure im Zirkus.

Das Pflastern war dann nicht so ihre Sache. Viel zu schnell war das Splittplanum fertig und jede Menge

Betonpflaster musste verarbeitet werden. Bernhard und Bert reichten Volker und Fred die Steine, die sie im Verbund auf dem abgezogenen Splitt verlegten. Nach einem halben Meter wies Bert auf einen Stein im fertigen Fußweg, der mit der Unterseite nach oben zeigte. Volker und Fred waren schwer beschäftigt, den Stein aus dem Verbund zu fummeln und richtigherum wieder einzusetzen.

Es dauerte einige Teststeine, bis die beiden Lehrlinge mitbekamen, dass Bernhard und Bert ihnen absichtlich Steine verkehrtherum gaben.

„Hey, Mann! Macht ihr das mit Absicht?"

Bert tat unschuldig. „Was denn?"

„Na hier, der Stein! Falschrum!"

„Oh! Hab ich gar nicht gesehen!"

„Von wegen! Das macht ihr doch schon eine ganze Weile!"

Bert grinste. „Immer schön bei der Sache sein!"

Bernhard und Bert sorgten außerdem mit ihrer gleichmäßigen und stetigen Arbeitsweise dafür, dass es keine zusätzlichen Pausen gab. Es sei denn, eine Palette mit Pflaster ging zu Ende. Dann bauten Bernhard und Bert die Gabel an den Lader und holten eine neue.

Diese Zeit nutzte Volker, um eine zu rauchen, während Fred ihm Pflastersteine zuwarf, anstatt sie ihm in die Hand zu geben. Ab und zu fiel ein Stein ins Pflasterbett. Schnell war die fast leere Maschine per Hand zum Abziehen zurückgerollt und Ruck Zuck war das Planum wiederhergestellt.

Und damit fing der Spaß an.

Volker und Fred versuchten sich zuerst im Kugelsto-
ßen mit Pflastersteinen. Der Stein hinterließ beim Aufkommen einen deutlichen Abdruck im fertigen Planum. Die beiden konnten genau feststellen, wer weiter
gestoßen hatte. Sie warfen auch die Schaufel und den
Besen wie Speere bei den Olympischen Spielen und
versuchten sich zuletzt sogar im Weitsprung.

Bis Bernhard und Bert mit einer vollen Palette
zurückkamen. Bernhard hupte, Bert ließ einen Bläker
los und Volker und Fred korrigierten schnell das Planum und verlegten wieder Pflastersteine.

Ihre Weitsprungaktion wiederholten sie später mit
der kaputten Schubkarre. Sie bauten mit einem Brett
und genügend Pflastersteinen eine kleine Schanze.
Fred nahm Anlauf und schob die Schubkarre rennend
vor sich her. Er zirkelte die Karre mit Schwung über die
Schanze und ließ sie dann los. Die Karre flog durch die
Luft und landete mit einem Abdruck im Splitt. Jetzt
war Volker dran. Nach einer Weile brach auch die
andere Stütze der Schubkarre ab.

Schließlich kam der Leutnant dazu, forderte Dis-
ziplin und drohte mit einer Abmahnung. Er lud die
Karre und die beiden abgebrochenen Stützen letztlich
in den Transporter und brachte sie zum Schweißen in
die Werkstatt. Auf dem Rückweg fuhr Bruno dann bei
sich zu Hause vorbei und holte einen alten Apfelpflücker mit einem langen Holzstiel.

Während seine Leute zum Mittag saßen, konnten sie
beobachten, wie Bruno in der verwilderten Plantage
versuchte, zwei Körbe mit Äpfeln zu füllen.

Auf der Jagd nach den schönsten Äpfeln stocherte er mit dem Apfelpflücker zwischen widerspenstigen Zweigen herum, blieb immer wieder hängen und hatte nicht mal einen Korb gefüllt, als die Pause vorüber war.

Aber es war Freitag und da gingen die Uhren immer etwas anders. Und so beorderte Bruno lange vor Feierabend Bernhard mit dem Radlader zur Plantage. Trotz des einsetzenden Regens bestieg er die Ladeschaufel und ließ sich mit seinen Körben von Bernhard bis in den Kronenbereich der schönsten Apfelbäume heben.

Im Nu waren die Körbe randvoll und die Heimfahrt konnte beginnen. Endlich Wochenende! Alle hatten gute Laune, ob es nun regnete oder nicht.

Den Apfelpflücker mit dem langen Holzstiel hatte Bruno quer über die hinteren Sitzreihen seines Transporters gelegt. Der Metallkorb war hinten, der Holzstiel zeigte nach vorn. Als Bruno losfuhr, riss Fred die Schiebetür des Mannschaftstransporters auf und lehnte sich hinaus in den Fahrtwind. Er hielt den Stiel des Apfelpflückers wie eine Lanze aus dem offenen Fahrzeug und brüllte, als wäre er ein Ritter in einem Turnier. Der Leutnant hielt fluchend an und befahl, den Apfelpflücker längs unter den Sitzen zu verstauen.

Das brachte Volker auf eine Idee.

Als Bruno an einer Kreuzung halten musste und mit dem rechten Fuß auf der Bremse stand, schob Volker, der hinter Bruno saß, den Stiel unter den Sitzen nach vorn und drückte auf das Gaspedal, so dass der Motor aufheulte. Bruno ließ vor Schreck den Lenker los und sah sich panisch um, als hätte er etwas falsch gemacht.

Volker zog rasch den Stiel zurück. Er biss sich auf die Lippe, um nicht loszulachen. Auch Fred zog eine Grimasse, um sich das Lachen zu verkneifen. Bruno fuhr weiter, als wäre nichts geschehen. Bis zur nächsten Kreuzung, an der er halten musste.

Als der Motor bis zur Schmerzgrenze aufheulte, starrte Bruno verwirrt auf die Anzeigen im Armaturenbrett. „Ich glaube, ich muss den Wagen mal wieder zur Durchsicht geben."

Volker und Fred konnten sich nicht mehr halten und grölten los.

Bernhard auf dem Beifahrersitz drehte sich verständnislos um. „Was ist denn mit euch los?"

Bert, der hinter Volker und Fred in der letzten Sitzreihe saß, konnte sich ein Grinsen nicht verkneifen. Dann legte er Volker eine Hand auf die Schulter. „Aber jetzt reicht's, okay?"

„Na gut." Volker bekam einen roten Kopf, zuckte mit den Schultern und schob den Apfelpflücker ganz nach hinten.

Fred klang ziemlich enttäuscht. „Ooch, Mann."

Bert sah die beiden Lehrlinge belustigt an. „Ihr seid wirklich voll die Arschkannen …"

Dann begannen alle drei wieder zu lachen.

Sieben

Conrad erlebte derweilen sein letztes Abenteuer in Alaska. Er stand inmitten der unberührtesten Wildnis, die man sich vorstellen kann und starrte in einen reißenden Fluss. Der Savage-River war an dieser Stelle nicht sonderlich breit, aber entsprechend schnell und wild. Conrad musste auf die andere Seite.

Mitten im reißenden Strom lag ein großer Fels, den er mit einem Sprung erreichen konnte. Und dann vom Fels zum gegenüberliegenden Ufer. Dort drüben verlief ein unscheinbarer Pfad auf begehbarem Gelände. Ein Pfad, der nach einigen Meilen zur Parkstraße des Denali Nationalparks führte. Sein Weg zurück in die Zivilisation, zum Besucherzentrum des Parks, und von dort mit einem Bus, den er schon gebucht hatte, 240 Meilen nach Anchorage zum Flughafen, zu seinem Rückflug am nächsten Morgen. Ganz schön knapper Zeitplan. Und nun diese Flussüberquerung ...

Conrad hatte sich lange genug auf seiner Seite des Flusses umgesehen. Auf der Landkarte könnte er dem Fluss auch auf dieser Seite bis zur Straße folgen. Aber eben nur auf der Landkarte. Denn was die Karte nicht zeigte, waren die hohen Felsen, die den Fluss nach Osten begrenzten und das dichte stachelige Gestrüpp, das sie umschloss. Mit seinem Zwanzig-Kilogramm-Rucksack wollte Conrad weder klettern, noch im Gestrüpp das böse Wesen kriegen. Also blickte er wieder auf den Fels in der Strömung. Das letzte Abenteuer.

Er war durch einsame Wälder von Seward bis nach Cooper Landing gewandert. Den letzten Tag hatte er Heidel- und Preiselbeeren essen müssen, weil seine Vorräte aufgebraucht waren. Conrad hatte die Meilenangaben auf seiner Wanderkarte gewohnheitsgemäß für Kilometerangaben gehalten. Genau wie bei seinen Bauplänen und Schachtscheinen ließ sich Conrad auch hier von seiner Ungeduld hinreißen, erst einmal zu beginnen, anstatt gründlich zu Planen.

In Wirklichkeit war die Strecke nicht 40 Kilometer lang gewesen, sondern 40 Meilen. Und das sind umgerechnet 64 Kilometer. Statt nach zwei Tagen erreichte Conrad erst nach drei Tagen den nächsten Posten der Zivilisation im wildesten Bundesstaat Amerikas. Zwei Tage Wandertour, ein Tag Überlebenstraining.

Dann hatte er im Swan-Lake-Gebiet eine sechzig Meilen Paddeltour gemacht. Das Problem war hier, dass es zwischen den benachbarten Seen keine Kanäle gab, wie beispielsweise in Brandenburg oder Mecklenburg. Er musste das Kanu mitunter einen Kilometer weit von einem See zum nächsten schleppen. Mörderisch! Aber als er abends erschöpft in seinem Zelt lag und an die zauberhafte Wildnis und die vielen Tierbegegnungen dachte, war es das alles wert gewesen.

Er hatte beim Trampen die interessantesten Menschen kennengelernt, hatte an den zauberhaftesten Plätzen gezeltet, sich in eiskalten Flüssen und Seen

gewaschen, war Elchen und Erdhörnchen begegnet
und hatte mit Nancy aus San Francisco Pool-Billard
gespielt und Bergschafe, Karibus und Bären beobach-
tet. Er hatte mit ihr am Ufer des Wonderlake gestanden und die Spiegelung des Denali, des Mount McKin-
ley, im glasklaren Wasser bewundert. Er war in einer
Cessna über die Kenai-Halbinsel geflogen und hatte
sogar einmal des nachts Polarlichter gesehen.

All diese Erlebnisse gingen Conrad durch den Kopf,
während er den Fels im Fluss anvisierte. Zurück auf
Arbeit wollte er in den Pausen seinen Kollegen von
Alaska erzählen. Aber dazu musste er auf die andere
Seite kommen. Also los! Zuerst warf Conrad seinen
Rucksack auf den Fels. Jetzt gab es kein Zurück mehr.
Die letzte Herausforderung.

Conrad hatte keine Ahnung, dass ihn zu Hause eine
noch größere Herausforderung erwartete. Und zwar
gleich am Montag, seinem ersten Tag zurück auf Arbeit.

*

Es hatte das ganze Wochenende lang geregnet. Am
Montag morgen zogen die letzten Wolken ab und die
Sonne begann, das Land zu trocknen.

Victoria kam kurz nach sieben Uhr an der Baustelle
des Klärwerks an. Sie parkte auf einer großen Schotterfläche neben Conrads Transporter. Auch Conrad
war nicht auf die durchnässte Wiese gefahren. Victoria
wünschte sich Hans´ Geländewagen her, mit dem sie
am Wochenende eine paar üble Matschpisten gefahren
waren. Einmal mussten sie sich mit der Seilwinde her-
ausziehen. Sie sahen schlimmer aus als das Auto, dessen

eigentliche Farbe sie kaum noch erkennen konnten, aber Victoria hatte es totalen Spaß gemacht.

Während sie ihre Gummistiefel anzog, beobachtete sie die Arbeiter am Klärwerk, die mit großen Schmutzwasserpumpen ihre Baustelle trockenlegten. Das war aber auch ein Regen gewesen. Victoria sah Conrad, Erik und Steffen einhundert Meter entfernt mit hängenden Köpfen an ihrer Baugrube stehen. Sie ahnte nichts Gutes.

Schnell überquerte sie die Wiese und begrüßte Conrads Truppe. Aber anstatt Conrad ein wenig über Alaska auszufragen, starrte auch sie missmutig in die Baugrube. Braunes Wasser füllte sie bis zum Rand.

Conrad fand seinen Humor schnell wieder. „In Alaska hat's nicht so viel geregnet."

„Hier auch nicht, bis du zurückkamst." Erik grinste.

„Irgendwelche Ideen?" Victoria fand es immer gut, die Arbeiter in Entscheidungen mit einzubeziehen.

„Können wir's nicht einfach leerpumpen?" Steffen klang noch ziemlich müde.

Erik lachte kurz auf. „Und die ganze Pleiße gleich mit, oder was? Was denkst du wo das Wasser herkommt?"

Alle folgten mit den Augen Eriks Geste Richtung Fluss. Über die fünfzehn Meter verfüllten Graben hinweg war der Fluss von hier aus zu sehen. Er war randvoll. Noch ein halber Meter und die Wiese stände unter Wasser. Im Fluss trieben Zweige und Äste vorüber, ab und zu ein Baumstamm, aber auch Plastik-Kanister und anderer schwimmfähiger Müll. Das

Einlaufbauwerk lag einen Meter unter Wasser. Und statt wie geplant vom Klärwerk in Richtung Fluss, war das Wasser vom Fluss über die Rohrleitung bis in ihre Baugrube gelaufen. Die Rücklaufklappe war noch nicht am Rohrende montiert, wäre aber sowieso nicht hundertprozentig dicht gewesen.

„Wir könnten doch eine Absperrblase in unsere Rohrleitung setzen." Steffen erinnerte sich an eine Vorführung auf dem Bauhof. Eine Absperrblase bestand aus derbem Gummi, wurde ins Rohr geschoben und dann über einen langen Schlauch aufgepumpt. Wie ein Luftballon wurde sie schnell größer, füllte bald das gesamte Rohr aus und verstopfte es. „Dann könnten wir hier auspumpen."

„Sieh an, Steffen weiß Bescheid." Erik stieß ihn kameradschaftlich an. „Und? Wann tauchst du ab und setzt die Blase?"

Steffen sah ihn erschrocken an. „Ich geh doch nicht da rein! Ist bestimmt arschkalt."

Victoria lächelte Conrad an. „Mir fiele jemand ein, der damit klarkäme."

Conrad musste lachen. „Alaska war richtig Urlaub gegen euren Mist hier. Problem ist nur, wenn wir dann weiterlegen und irgendwann fertig sind und der Fluss wieder Normalpegel hat, wer krabbelt 15 Meter in ein 250er Rohr hinein und löst das Ventil der Blase und zieht sie heraus?"

„Fang schon mal an abzuspecken, Steffen."

Steffen sah Erik entgeistert an. „Quatsch! 25 Zentimeter, da passt kein Mensch rein." Dann hatte er eine

Idee. „Man könnte mit so einem Kanalroboter rein-
fahren, wie, wenn die ihre Leitungsbefahrung machen."

„Und dann Fotos machen von der Blase, oder was?"
Erik grinste.

„Nein, mit so einem Greifarm das Ventil lösen. Wie,
als die in die Luftschächte der Cheops Pyramide rein-
gefahren sind. Hier, ähm ... der Gantenbrink damals."

„Scheint, als wärst du zu lange beim Leutnant
gewesen. Der mit seinen Außerirdischen und Terra-X
Geschichten."

„Ich hab's!" Die Erwähnung des Leutnants brachte
Steffen auf einen anderen Gedanken. „Der Leutnant
hat doch eine Pistole, der könnte die Blase zerschießen.
Fünfzehn Meter. Muss doch zu treffen sein."

„Der zerschießt uns höchstens die Rohrleitung."
Conrad schüttelte den Kopf.

„Und die Blase kostet auch dreihundert Euro." Erik
dachte eigentlich selten an irgendwelche Kosten, aber
er hatte den Preis gerade im Kopf.

„Wenn wir warten wollen, bis das Wasser sinkt, kostet das deutlich mehr." Victoria wurde langsam ungeduldig. Sie mussten hier weitermachen. Sie kannte die
Pläne vom Klärwerksbau. Es war abgesprochen, dass
diese Abflussleitung in den nächsten Tagen dort anlag.
Sie wandte sich an die Männer. „Okay. Wir lassen zehn
Meter unserer Leitung aus. Wir beginnen da vorn einfach neu. Genau an dem Holzpfahl." Sie zeigte auf
einen der Pfähle, die die Richtung der Leitung über die
Wiese angaben. „Wir legen weiter bis zum Klärwerk
und wenn der Fluss wieder Normalstand hat, schließen

wir die Lücke." Sie sah Conrad entschuldigend an. „Ist etwas aufwändig, aber so kämen wir voran."

Conrad grinste. „Es gibt noch eine bessere Möglichkeit." Dann wurde er ernst. „Ich setze die Blase direkt vom Fluss aus ins Rohr."

„Nein!" Victoria erschrak. „Conrad, jetzt ist nicht der richtige Augenblick für deine extremen Abenteuer."

„Doch! Gerade jetzt! Ich kriege das hin. Zwei Stunden und wir sind wieder voll auf Kurs."

Victoria wollte widersprechen, aber als sie Conrad ansah, wusste sie, dass er es wirklich ernst meinte. Ihr Blick schweifte zum Fluss. Die Strömung machte ihr Angst. „Wie …?"

Conrad sah Steffen an und gab dann Erik seine Autoschlüssel. „Ihr beide holt in der Firma einen Notstromer und eine Schmutzwasserpumpe, eine große, mit dreißig Meter B-Schlauch. Und eine Blase. Aber schaut auf die Dimension und prüft, dass sie auch die Luft hält. Am Besten, ihr lasst euch eine Fußpumpe geben und eine Verlängerung der Druckleitung." Dann wandte er sich an Victoria. „Kannst du mich nach Hause fahren. Ich brauche meinen Neoprenanzug, Taucherbrille, Klettergurt, Bergseile und so."

Victoria stand da wie versteinert. „Ich weiß nicht …"

„Keine Sorge, ist total sicher."

„Hast du so was schon mal gemacht?"

„Nicht direkt. Bin an Korallenriffen getaucht. Dort war das Wasser natürlich sauber. Und ich hing unzählige Male mit meinem Klettergurt am Bergseil. Das wird schon klappen."

Victoria starrte noch immer in den Fluss. Wieder trieb ein großer Ast vorbei. „Und die Strömung?"

„Da hab ich keine Erfahrung. Bin in Alaska zweimal über einen wilden Fluss gesprungen. Und über viele andere in den Alpen, aber noch nie reingefallen." Conrad sah Victoria in die Augen. „Komm schon! Einverstanden?"

Victoria dachte eine Weile nach. „Okay. Unter einer Bedingung ..."

*

Hans hatte seine Joggingsachen schon an, stand aber noch im Badezimmer vor dem Spiegel und rasierte sich, als sein Telefon klingelte. Das war bestimmt Erich mit einer wichtigen Frage. Hans rasierte sich erst fertig. Er würde gleich zurückrufen.

Bevor er glattrasiert das Telefon erreichte, klingelte es erneut. Hans sah auf das Display und nahm den Anruf an. „Victoria, hey, machst du Frühschicht?"

„Ja, hast du Lust, dazuzukommen?"

Hans musste lachen. „Wieso eigentlich nicht. Was hast du denn für ein Problem?"

Dann redete Victoria ununterbrochen.

Am Ende zog sich Hans andere Sachen an, frühstückte noch schnell, packte sein Kletterzeug in den Toyota und fuhr zu Conrads Baustelle.

Victoria und Conrad standen mit zwei großen Taschen neben Victorias Auto. Hans hielt an, ohne auszusteigen. Sie begrüßten sich flüchtig und die Taschen landeten auf der Ladefläche von Hans' Pickup. Conrad sprang hinterher, setzte sich auf eine der

Taschen und lehnte sich mit dem Rücken an die Fahrerkabine. Victoria stieg vorn ein und lächelte Hans entschuldigend an.

Hans schaltete den Allradantrieb ein und driftete über die nasse Wiese. „Ihr habt Ideen … Aber Danke, dass ich dabei sein kann."

Victoria blieb stumm. Es war eine ganz schöne Bürde, die sie sich gerade auflud. Immerhin war sie Bauleiterin. Sie versuchte sich einzureden, dass Conrad und Hans schon wüssten, was sie täten, aber irgendwie wollte das Vertrauen nicht aufkommen.

Über viele Jahre hatte Hans ein Gespür dafür entwickelt, was andere Menschen dachten, was sie fühlten und was sie brauchten. Er wusste, dass irgendwelches aufmunterndes Gequatsche selten half. Wichtig war das, was man tat. Conrad und er mussten die Aktion also professionell und schnell über die Bühne bringen. Und so blieb auch er stumm und fuhr unspektakulär zum Fluss. Keine durchdrehenden Räder, kein ausbrechendes Heck beim Wenden. Hans fuhr eine große Kurve, stoppte kurz am Ufer und ließ Victoria und Conrad die Taschen abladen. Dann fuhr er zurück, um Erik und Steffen zu helfen, die gerade ankamen.

Der Notstromer und die Pumpe wurden an der Baugrube abgeladen. Anschließend parkte Hans etwa zehn Meter rechts des Einlaufbauwerks. Er stellte den Geländewagen ein wenig schräg zum Fluss, sodass die Motorhaube und die Seilwinde stromabwärts zeigten. Auf diese Weise konnte er Conrad am Besten gegen die Strömung sichern.

Hans hielt Erik und Steffen kurz zurück. „Keine dummen Sprüche bis es vorbei ist, okay?"

Die beiden sahen ihn fragend an.

„Eurer Bauleiterin zuliebe. Sie lehnt sich mit der Aktion ziemlich weit aus dem Fenster."

„Ist schon ganz schön verrückt, oder?" Steffens Blick schweifte zum Fluss.

„Eigentlich kann nichts passieren." Hans hob die Schultern und machte eine Geste mit den Händen.

„Aber die Betonung liegt auf Eigentlich." Erik grinste. Mit Steffens Hilfe trug er die Absperrblase zu Conrad und Victoria.

Mit wachem Blick studierte Hans den reißenden Strom. Der Fluss kam von rechts und machte eine Biegung nach links. Das Einlaufbauwerk lag am inneren Ufer. Das hatte man gut geplant, Ausspülungen bei Hochwasser würde es nur auf der gegenüberliegenden Seite geben. Dort trieben gerade einige Bretter und Styroporplatten vorüber. Ein großer Ast stieß am Ufer an und drehte sich um sich selbst. Und obwohl die Strömung recht stark war, wäre Conrad ihr kaum ausgesetzt, solange er auf der hiesigen Seite im Uferbereich arbeitete.

Hans legte seinen Klettergurt an. Die daran befestigten Karabinerhaken und Abseilachter erzeugten ein metallisches Klimpern. Ein vertrautes, schönes Geräusch. Er holte die Fernbedienung für die Seilwinde unter dem Fahrersitz hervor, schaltete sie ein und entriegelte das Stahlseil der Winde. Dann zog er das Seil hinter sich her und ging zu den anderen hinüber.

Conrad hatte seinen Neoprenanzug und seine ältesten Wanderschuhe bereits an. Er hängte sich die Taucherbrille um den Hals.

Erik zeigte zum Fluss. „Glaubst du, dass du in der Brühe was siehst?"

Conrad grinste. „Ist wichtig, die Augen offen zu halten!" Er prüfte mit Erik und Steffen die Blase und sie pumpten sie fast bis zum benötigten Durchmesser auf.

Währenddessen reichte Hans Victoria die Fernbedienung. „Hier, für die Seilwinde."

Victoria sah ihn überrascht an.

„Ich sichere Conrad von Hand mit dem Abseilachter über sein Bergseil. Und das hier sichert mich." Er hielt den Haken am Ende des Stahlseils kurz hoch und klinkte ihn in seinen Klettergurt ein. Dann sah er Victoria zuversichtlich an. „Du musst gar nicht viel machen." Er erklärte ihr trotzdem, wie sie das Seil entriegeln und wieder feststellen und mit verschiedenen Geschwindigkeiten aufrollen konnte, um ihn damit aus dem Fluss zu ziehen, wenn nötig.

„Das ist ja richtig Hightech!" Erik sah herüber.

Hans grinste und schaute auf. „Ja, mit dem Einbau der Seilwinde hab ich den Fahrzeugwert sozusagen verdoppelt." Er bemerkte Steffen, der zum Bauwagen lief. „Will der Junge schon Frühstück machen?"

„Holt einen Handfeger, um das Rohr zu säubern." Conrad kam auf Hans zu. „Wäre möglich, dass sich da unten schon irgendwelcher Schlamm abgesetzt hat." Er klinkte einen Sicherungskarabiner in eine Schlaufe am Bergseil und in seinen Klettergurt ein und reichte

Hans dann das andere Ende vom Seil. „Du kennst dich aus mit dem Zeug?"

Hans fädelte das Seil in seinen Abseilachter ein. „Oft am Berg gewesen und immer noch am Leben." Er sah Conrad in die Augen und wurde wieder ernst. „Keine Sorge, ich passe auf."

Als Steffen zurückkam, blickte Conrad Victoria auffordernd an.

Aber seine Bauleiterin hatte im Moment nicht viel anzumerken. „Das ist deine Party, Conrad." Sie lächelte zaghaft und hielt die Fernbedienung hoch. „Ich bediene nur die Seilwinde."

Conrad nickte ihr respektvoll zu. Dann hob er Steffens Handfeger und bewegte ihn vor sich hin und her, um seine Worte zu unterstreichen. „Es ist einfach. Ich gehe da rein und tauche ab. Zuerst nur mit dem hier, um das Rohr auszukehren. Dann komme ich wieder hoch und ihr reicht mir die Blase. Gebt mir zehn Sekunden, um sie ins Rohr zu schieben, dann pumpst du sie auf, Erik. So schnell wie möglich. Wir werden sehen, wie lange ich die Luft anhalten kann." Sein Blick schweifte zu Hans und dem Bergseil. „Halt mich nicht zu knapp, damit ich mich ein wenig bewegen kann. Wenn etwas Unvorhergesehenes passiert, zupfst du dreimal kurz am Seil, okay? Dann komm ich sofort hoch."

Steffen war total aufgeregt. „Was kann denn passieren?"

„Keine Ahnung. Vielleicht landen die Außerirdischen, oder so." Conrad grinste.

Erik lachte. „Du hast zu lange mit Bruno das

Gewerbegebiet abgesteckt. Der hat doch bestimmt nur über solchen Kram geredet."

„Na, los jetzt! Ab ins Wasser." Victoria wollte die Aktion schnell hinter sich bringen.

Zu Beginn ging alles wie geschmiert. Conrad hatte das Rohr problemlos ertastet und mit dem Handfeger ausgebürstet. Er sah tatsächlich kaum etwas mit seiner Taucherbrille, aber es war ein gutes Gefühl, die Augen offen zu haben und er kam sich nicht völlig blind vor. Er tauchte wieder auf und atmete in tiefen Zügen. Victoria sah blass aus, als hätte auch sie die Luft angehalten. Conrad ließ sich von Steffen die Absperrblase geben, blickte zu Hans am Seil und zu Erik an der Luftpumpe und tauchte wieder ab.

In diesem Moment kam ein großer Baum den Fluss heruntergetrieben.

Eine ausgewachsene Erle hatte schon jahrelang zu nah am Wasser gestanden. Das Hochwasser vom Vortag hatte die letzten Wurzeln freigespült und heute hatte die Strömung den Baum umgeworfen und mit sich fortgerissen. Ständig blieb der Baum mit der Krone am Ufer hängen und stellte sich quer. Aber er konnte sich nicht drehen, denn der Fluss war dafür nicht breit genug. Bis auf eine Stelle in einer starken Biegung. Hier hatte das Wasser das äußere Ufer sosehr ausgespült, dass fast ein kleiner See entstanden war. Die Krone blieb im Gestrüpp am Ufer hängen und der Stamm drehte vorbei. Nun übernahmen die Wurzeln die Führung.

Victoria sah den Baum zuerst. Ihr Blick folgte dem

Stamm bis zur Krone. „Hans!" Ihr Schrei war lauter als beabsichtigt.

Hans fuhr herum, erschrak und zupfte hektisch dreimal am Seil.

Zuerst sah es so aus, als würde der Baum vorübertreiben. Die Wurzeln waren auch schon vorbei, blieben aber dann am gegenüberliegenden Ufer hängen und die Krone drehte auf das Einlaufbauwerk zu. Der Baum lag diagonal im Fluss. Er konnte sich nicht komplett drehen und die verkeilten Wurzeln ließen ihn nicht weitertreiben. Die Strömung presste gegen den Stamm. Das Wasser strudelte darunter hinweg, schwappte darüber und spritzte rhythmisch auf.

*

Im zweiten Tauchgang schob Conrad die Blase ein ganzes Stück ins Abflussrohr hinein. Er hielt sie in Position und fühlte, wie Erik sie aufpumpte. Das Wasser war kalt. Die Luft wurde knapp. Aber Conrad hielt aus. Dann spürte er das Zupfen am Seil. Verdammt, sie waren fast fertig! Aber er wusste, dass Hans keine Späße machte.

Conrad tauchte auf und sah in die Richtung, in der er Hans vermutete. Das dreckige Wasser lief von seiner Brille, aber durch den Schmutzschleier sah er weder Hans noch irgendeinen der anderen. Conrad sah dichtes Blätterwerk, das ihn augenblicklich umschloss. Zweige und Äste drückten ihn mit dem Rücken gegen die Natursteinmauer des Einlaufbauwerks.

Erik und Steffen waren sofort bei ihm und hätten ihm problemlos ans Ufer helfen können. Aber Conrad konnte sich kaum bewegen. Nicht wegen der Baumkrone, sondern weil sich sein Sicherungsseil in den Zweigen und Ästen verstrickt hatte, obwohl Hans auf der anderen Seite jede Menge Seil nachgab.

„Das gibt's doch nicht!" Conrad musste fast lachen. Das Seil, dass ihn retten sollte, hielt ihn jetzt gefangen. Mit geübten Handgriffen löste er den Sicherungskarabiner von seinem Klettergurt. Jetzt war er frei, aber er kämpfte noch gegen das Gewirr aus Zweigen, das ihn am Fortkommen hinderte.

Victoria war starr vor Schreck. Ihren Blick auf Conrad gerichtet, vernahm sie plötzlich Hans' Stimme.

„Das Seil lockerlassen, Victoria!"

Sie sah Hans fragend an und wusste nicht, was sie machen sollte.

„Mit der Fernbedienung! Der grüne Knopf!"

Sie drückte den Knopf und entriegelte die Seilwinde. Was hatte Hans vor? Sie sah, wie er den Haken aus seinem Klettergurt ausklinkte. Er rannte zur Baumkrone und zog das Stahlseil hinter sich her. Dann sprang er neben einem dicken Ast in hüfttiefes Wasser und schlang das Stahlseil gleich einer Schlaufe um den dicken und einige dünnere Äste.

Hans kämpfte sich zurück ans Ufer. „Zieh die Winde an. Der rote Knopf!"

Und schon spannte sich das Seil und zog den Baum von Conrad weg, der mit Eriks und Steffens Hilfe ans Ufer kletterte.

Hans stolperte über das Seil hinweg und hatte Mühe dem Baum aus dem Weg zu gehen, den Victoria nun bis auf die Wiese zog. Äste bohrten sich in die Erde, brachen ab oder warfen ganze Grasbatzen auf. Erst als die Krone des Baumes kurz vor dem Auto lag, hielt Victoria die Winde an.

Hans stand gebückt neben dem Baumstamm, die Hände auf die Knie gestützt. Er atmete schwer.

„Wie geht's dir?" Victorias Stimme zitterte noch ein wenig, als sie auf ihn zulief.

„Ich glaube, ich bin langsam zu alt für solche Aktionen." Aber Hans' Worte klangen heiter und er richtete sich mühelos auf. Er ging mit Victoria zu Conrad. „Alles klar bei dir?"

Conrad grinste. Jetzt, als er an Land stand, fiel die Anspannung von ihm ab. Er hatte anscheinend seinen Spaß gehabt. „Gutes Training, Hans. Sehen wir uns wieder bei dem Extremlauf im Dezember?"

Hans lachte auf. „Das wird ein Zuckerschlecken im Vergleich zu dem hier."

Das gemeinsame Lachen löste die Anspannung.

In diesem Moment tauchte die Blase mit einem leisen „Blupp" an die Oberfläche, wurde von der Strömung erfasst und trieb auf dem Fluss davon. Die Druckluftleitung spannte sich und riss dann die Fußpumpe mit sich fort. Steffen, der am nächsten stand, rannte hinterher. Er sah, wie die Fußpumpe durch das Gestrüpp der Uferböschung geschleift wurde, aber nicht hängenblieb, sondern plätschernd im braunen Fluss versank. Verdammt, jetzt war auch noch die Blase weg.

Steffen rannte ein Stück am Ufer entlang. „Ich sehe sie, bringt mal ein Seil oder einen langen Stock.

Schnell! Sie bewegt sich gerade nicht mehr, hat sich wohl irgendwo verfangen."

Aber keiner reagierte auf seine Rufe. Steffen blickte verständnislos zurück. Er sah, dass Erik grinste und Conrad zu einem kleinen Bäumchen hinunter ans Wasser ging.

Conrad winkte Steffen heran. „Immer zuallererst das Sicherungsseil der Blase an einem zuverlässigen Anker befestigen!" Er ergriff das Seil, das an das Bäumchen gebunden war und zog damit die Absperrblase gegen die Strömung aus dem Fluss. Hinter der Blase tauchte die Druckluftleitung auf und an deren Ende war noch die Fußpumpe angeschlossen.

Steffen atmete auf. „Na, ein Glück!" Aber eigentlich waren sie nicht weiter, als vor einer halben Stunde. „Und was jetzt?"

Conrad lachte. „Na, was denkst du? Das ganze nochmal! Jetzt wissen wir doch, wie es geht." Dann sah er Erik fröhlich an. „Und wenn jemand mal die Blase richtig aufpumpt, bleibt sie vielleicht auch im Rohr."

Erik schüttelte einen Rest Flusswasser aus der Fußpumpe und zeigte damit auf Conrad. „Ha, das mach ich! Keine Ablenkung mehr, selbst wenn ein Neoprenanzug samt Inhalt den Fluss runtertreibt."

„Möglicherweise kommt nicht nochmal so eine Erle um die Ecke." Mit diesen Worten ging Hans zum Baum und befreite die Seile aus den Ästen.

Und dann lief wirklich alles glatt. Conrad tauchte, Erik pumpte und die Blase hielt. Anschließend warfen Steffen und Erik den Notstromer an und versenkten die große Tauchpumpe in der gefluteten Baugrube. Die Pumpe schnurrte vor sich hin und schickte das Wasser durch den B-Schlauch zurück in den Fluss.

Hans und Victoria zogen die Erle mit dem Geländewagen an eine geeignete Stelle am Ufer, wo sie liegenbleiben konnte und gesellten sich dann zu den anderen, die bereits im Bauwagen saßen. Beim Frühstück wurde die ganze Aktion bauarbeitermäßig mit allerhand Übertreibungen ausgewertet.

Nach einer Weile verabschiedete sich Hans. „Also, viel Spaß noch. Ich muss los. Hab da noch einen Job bei der Konkurrenz."

„Erich Glockner und seine Zinnsoldaten!" Erik lachte. „Schönen Gruß!"

Hans lächelte verschmitzt. „Jaah. Und wenn ihr mal wieder einen Bauwagen braucht …" Er hob die Hand zum Abschied und war zur Tür hinaus.

Victoria holte ihn ein, bevor er seinen Toyota erreichte. „Hey, danke dir!"

Hans strahlte. „Hat doch Spaß gemacht!"

Auch Victoria strahlte. „Wie wär's heute mit Mittagessen, ich lad dich ein."

„Immer wieder gern. Ruf an, wenn du Pause machst."

Acht

Und so schwebte Victoria doch recht glücklich in den Herbst. Ihre Stunden mit Hans und ihre Arbeit lenkten sie von den Problemen zu Hause und den Diskussionen mit ihrem Vater ab. Und die Baustelle mit Conrad lief wie von selbst.

Er hatte die Abflussleitung tatsächlich noch an dem problematischen Montag bis zur Klärwerksbaustelle verlegt. Am Dienstag war der nicht so sehr tiefe Graben verfüllt und dank Eriks magischen Fähigkeiten mit seinem Bagger sah die Wiese so eben aus wie zuvor, einzig das Gras war noch nicht nachgewachsen.

Danach wurde es schwieriger. In über drei Metern Tiefe arbeitete Conrad in einem Verbau. Der Verbau bestand aus zwei mächtigen Stahlplatten, zweieinhalb mal dreieinhalb Meter groß. Die beiden Platten standen auf der Grabensohle, rechts und links senkrecht an der Grabenwand. Sie waren durch vier armdicke, waagerechte Stahlstreben miteinander verbunden. Vorn und hinten jeweils ganz oben und etwa in der Mitte. Die Streben waren verstellbar und so eingestellt, dass der Verbau genau in den Graben passte. Auf der Grabensohle zwischen den tonnenschweren Stahlwänden wurde die Rohrleitung Rohr für Rohr in einem Splittbett verlegt.

Der Graben wurde ganz oben verbreitert, damit keine Erdklumpen oder Steine in den Verbau fallen konnten. Wenn ein Rohr gelegt und mit Splitt und Erde abgedeckt war, wurde weitergeschachtet und dann der Verbau nachgezogen. Conrad arbeitete allein unten im Graben, denn auch wenn der Graben kaum einrutschen konnte, war die ganze Methode fachlich nicht wirklich korrekt. Allerdings kamen sie ziemlich schnell voran.

Entlang ihrer Trasse lag haufenweise mittelgrober Splitt, in den die Rohre verlegt und mit dem sie vollständig abgedeckt wurden. Ein Allrad-LKW vom Steinbruch belieferte sie fast täglich und kam auf der feuchten Wiese überraschend gut zurecht.

Dann kam der Oktober mit einer Woche Regen. Sie arbeiteten weiter wie gehabt und waren zum Feierabend stets durchnässt bis auf die Haut. Das machte Conrad nichts aus, schickte Steffen jedoch in häusliche Pflege. Eine ausgewachsene Grippe nahm ihn für eine Woche aus dem Rennen. Am Montag Morgen organisierte Victoria Fred als Vertretung.

Erik verdrehte die Augen, als Fred aus Victorias Auto stieg, irgendwie auf einen offenen Schnürsenkel trat und unbeholfen hin und her stolperte. „Na das kann ja heiter werden …"

Conrad war wie immer guten Mutes. „Den kriegen wir schon hin." Er winkte Victoria durch ihre Frontscheibe zu und sie kämpfte sich mit ihrem BMW zurück zur Straße. Im Moment gab es nicht viel zu besprechen. Die Rohre und Schächte für die nächsten

Wochen waren bereits geliefert worden. Das Ziel war jeden Tag dasselbe. Conrad versuchte, so viele Rohre wie möglich zu legen. Ab und zu war ein Kontrollschacht zu setzen und wenn Erik und Steffen den Graben verfüllten, nivellierte Conrad die Höhe des letzten Schachtes und berechnete bei kleinen Höhenabweichungen das Gefälle der nächsten Haltung neu.

Conrad rief Fred gleich zu sich und erklärte ihm die Baustelle, was sie hier machten und worauf es ankam. Währenddessen lief er mit ihm über das Gelände. Am Bauwagen stellte Fred seine Verpflegungstasche ab. Vom Transporter nahm Conrad den Kanalbaulaser mit.

Fred versuchte, Conrads Erklärungen zu folgen, so gut er konnte. Ihm war aber anzusehen, dass es ein bisschen viel für den Anfang war.

„Okay, nochmal in Kurzform." Conrad zeigte auf den letzten Schacht, auf den sie nun zugingen. „Schachtunterteil. Von dort Rohre verlegen. Bis zu dem Pfahl da vorn. Dort kommt der nächste Schacht hin. Wir setzen immer ein Unterteil und dann zwei Ringe obendrauf. Da kann kein Dreck in den Schacht fallen. Ist der nächste Schacht gesetzt, bauen wir den letzten Schacht Ring für Ring weiter auf und füllen dabei lagenweise den Graben zu. Zum Schluss Schachtkonus und Deckel drauf. Dann den Mutterboden, den Erik links vom Graben ablegt, so verteilen, dass es aussieht wie vorher."

„Das Gras muss noch wachsen." Fred war jetzt ganz bei der Sache.

„Sehr richtig."

Sie stiefelten in den Graben hinab und Conrad kletterte geschickt mit dem Kanallaser in der Hand über die zwei Ringe in den Schacht. „Am wichtigsten ist die Sicherungsleine hier. Bevor du den Laser in das Gerinne stellst, klinkst du den Karabinerhaken in eine der Trittstufen im Schacht ein. Damit er nicht fortschwimmen kann." Conrad sicherte den Laser und stellte ihn ins Gerinne des Schachtes.

Fred sah sich um. „Wie fortschwimmen? Die Leitung ist doch noch gar nicht in Betrieb."

„Wir könnten Grundwasser bekommen." Conrad hatte längst damit gerechnet, so nah am Strudelbach. Es lag aber an dem lehmigen Boden, dass sie noch keins hatten, und er hoffte, dass es so blieb, denn sie kamen dem Strudelbach am Ende ganz schön nah. „Oder wir könnten aus Versehen eine Wasserleitung ankratzen."

„Gibt's doch hier nicht, auf dem Acker." Fred blickte im Graben nach vorn.

„Vermutlich hast du recht. Ist auch nichts in den Plänen. Einzig kurz vor Wendlingen. Da kreuzen wir eine 250er Freispiegelleitung."

„Häh, was für 'ne Leitung?"

„Freispiegelleitung, eine Wasserleitung ohne Druck, aber voll bis an den Rohrscheitel."

„Was, Rohrscheitel?" Fred war jetzt leicht überfordert.

„Egal." Conrad drückte auf einen Knopf am Laser. „Hier! Das ist der Ein- und Ausschalter. Du wirst zum Feierabend immer den Laser holen. Ausschalten, herausnehmen, dann das Sicherungsseil ausklinken und alles zum Auto bringen." Conrad sah Fred ernst an. „Ohne irgendwo anzustoßen! Das Ding ist schweineteuer. Alles klar?"

„Klar." Fred nickte zuversichtlich.

Conrad überprüfte noch die Einstellung für die Steigung im Display des Lasers. Dann liefen sie im Graben nach vorn bis zum letzten Rohr, das Conrad am Freitag gelegt hatte. Ein Stück hinter dem Schacht stand die alte Grabenwalze, mit der Steffen schon die erste Lage Erde im Graben verdichtet hatte. Trotzdem war der Graben noch so tief, dass sie nicht herausschauen konnten.

Fred betrachtete die Walze, die ihnen fast den Weg versperrte. „Wow! Die wollte ich schon immer mal fahren." Er war begeistert und musterte die eisernen Noppen auf den Stahlwalzen. Er stellte sich hinter die Maschine, ergriff die beiden Fahrhebel und stellte sich vor, damit im Graben hin und her zu fahren.

„Kannst du heute Nachmittag fahren, wenn wir unsere Rohre gelegt haben und den Graben verfüllen." Conrad lief zum Verbau am Ende des Grabens.

„Cool!" Fred löste sich von der Grabenwalze und trödelte Conrad hinterher. Er betrachtete die verschiedenen Erdschichten entlang der Grabenwand. Ab und zu war ein Stein zu sehen, ganz oben die Wurzeln vom Gras und von den Unkräutern. Unvermittelt lief Fred gegen die Leiter, die vor dem Verbau stand und auf der sie aus dem Graben heraussteigen konnten.

Conrad stand bereits im Verbau. Er drehte sich um, als es schepperte. „Und immer schön die Augen offen halten. Kletter mal nach oben und geh zum Ende des Grabens."

Fred fand sich wieder, zerrte an der Leiter herum, bis sie fest stand und kletterte nach oben. Zwei Meter nach dem Verbau war der Graben zu Ende. Hier stand Eriks Bagger. Fred stieg vorsichtig über aufgeworfene Grasbatzen und spähte in den Graben. Dreieinhalb Meter tief. Da wollte er nicht hineinfallen.

Conrad hatte seinen gelben Bauhelm aufgesetzt und kniete vor dem letzten Rohr. Fred beobachtete, wie Conrad eine kleine Zielscheibe in das Rohr stellte und dann auf einer Fernbedienung herumdrückte, die aussah wie die von Freds Stereoanlage. Dann erschien ein Laserpunkt auf der getönten Zielscheibe. Er bewegte sich von links bis in die Mitte.

Conrad richtete sich auf. „Siehst du den Laserpunkt? Er kommt von unserem Laser hinten im Schacht und gibt uns die Richtung und das Gefälle. Wir fädeln jetzt sozusagen ein Rohr nach dem anderen auf diesen Laserstrahl. Auf diese Weise wird unsere Leitung perfekt gerade." Conrad nahm die Scheibe aus dem Rohr.

Plötzlich war der Laserpunkt auf der Grabensohle zu sehen.

„Und Erik schachtet jetzt dem Punkt hinterher. Ein bisschen tiefer als der Punkt, damit das nächste Rohr mit der Zielscheibe genauso liegt, wie das hier. Und so weiter. Alles klar?"

Fred nickte. „Cool, das mit dem Laser."

Dann wäre er vor Schreck fast in den Graben gefallen. Erik hatte seinen Bagger gestartet und mal ordentlich

Gas gegeben. Er bewegte den Baggerlöffel, der so groß war wie Fred, in Richtung Graben. Fred flüchtete zur Seite. Er fuhr kurz zusammen, als Erik den Löffel ganz nach vorn knallen ließ. Nun hatte er Freds ungeteilte Aufmerksamkeit.

„Ich schachte, du bleibst außerhalb der Reichweite meines Baggers auf meiner linken Seite, wo ich dich sehen kann. Alles klar?"

Fred atmete tief durch. „Alles klar. Und mehr mache ich nicht?"

„Auf Anweisungen warten!" Erik grinste und begann zu schachten.

Fred gefiel seine neue Arbeit. Dastehen und zuschauen, wie Erik baggerte. Er beobachtete wie Erik den Verbau versetzte, Splitt holte und auf die Grabensohle rieseln ließ. Nun begann Conrad, den Splitt nach dem Laserpunkt mit einer Flachschaufel abzuziehen.

Dann hupte Erik. „Komm, Fred, ein Rohr holen!"

Sie hängten das Rohr mit einem Stahlseil an einen Haken am Gelenk des Baggerlöffels. Das Rohr schlenkerte wild hin und her auf dem Weg vom Rohrstapel zum Graben. Fred sollte genau das verhindern, indem er es festhielt. Er stolperte zunächst recht unbeholfen neben dem Rohr und vor dem Bagger über die Wiese. Nach einigen Rohren ging es besser.

Erik senkte das Rohr vorsichtig zu Conrad in den Verbau hinab. In die Muffe des letzten Rohres einfädeln, mit der Brechstange zusammenschieben, Zielscheibe reinstellen und das Rohr exakt nach dem Laserpunkt ausrichten. Splitt drauf, rechts und links gut unterstopfen, nochmal Splitt zum Abdecken, fertig. Und weiter. Frühstück, dann Mittag. Die Zeit verflog und sie kamen prima voran.

Eine Stunde vor Feierabend verdichtete Conrad mit einem Wackerstampfer die Seiten neben den an diesem Tag gelegten Rohren. Fred holte derweilen den Kanallaser aus dem Schacht. Dann bekam er einen Helm und Gehörschutz und durfte die Grabenwalze fahren.

„Jede Stelle viermal verdichten!" Conrad brachte den Laser zu ihrem Transporter.

Erik füllte einen Teil des Aushubs in den Graben und zog ihn mit dem Löffel ab, so gut es ging, während er auf dem restlichen Aushub neben dem Graben stand.

Und Fred fuhr mit der Walze hin und her. Anfangs schaute er ständig nach Eriks Bagger, der allzuoft ziemlich schief stand und ab und zu sogar eine Kette hob. Aber Erik beherrschte seine Maschine, fing sich mit dem Baggerarm ab oder drehte ein wenig auf der Stelle, um den 22-Tonnen-Bagger zu stabilisieren. Mit der Zeit arbeitete Fred viel entspannter.

Wenn es Erik zu entspannt vorkam, ließ er seinen Löffel mal wieder knallen und Fred zuckte zusammen.

„Verdammt, erschreck mich nicht immer so!" Fred brüllte, um den Baggerlärm zu übertönen.

Erik zuckte die Schultern. „Kann schon mal passieren."

„Aber nicht zu oft." Conrad warf ein kleines Steinchen durch Eriks offene Kabinentür.

Erik fuhr herum. „Hey, willst du hier auskehren?"

Conrad grinste und machte eine Kopfbewegung Richtung Fred. „Übertreib's nicht!"

„Keine Angst, der macht doch ganz gut mit."

Und beide nickten zufrieden.

Zum Feierabend sah sich Fred verschwörerisch nach Erik um, der weit genug entfernt seinen Bagger abstellte. Dann flüsterte er Conrad zu. „Wir könnten doch mal eine Silvesterrakete durchs Rohr schießen."

„Was?" Conrad hatte Silvesterrakete verstanden.

„So eine Knallrakete. Wenn Erik gerade baggert, der bekommt bestimmt einen riesen Schreck, wenn die in seinem Graben explodiert."

Tatsächlich, Fred redete wirklich über eine Silvesterrakete. Conrad musste lachen. „Das geht dir also durch den Kopf, während du Grabenwalze fährst?"

„Der denkt dann, er hätte ein Stromkabel erwischt, oder so." Fred strahlte übers ganze Gesicht.

Conrad wurde ernst. „Das ist kein Spaß für einen Baggerfahrer. Mit Erik sollten wir's uns nicht verscherzen, okay?"

„Ist aber trotzdem 'ne coole Idee, oder nicht?"

„Und wenn die Rakete im Kanal liegenbleibt? Wir haben schon 55 Meter gelegt. Ganz schön weit für eine Knallrakete." Conrad sah Fred schmunzelnd an.

„Na, dann erst nach dem nächsten Schacht und zehn Rohren, das sind nur 25 Meter. Wir haben zu Silvester in Wasserstedt mal eine Rakete quer über den Marktplatz geschossen. 25 Meter schafft die locker."

Conrad grinste. Wenn Fred Interesse hatte, konnte er ganz schön einfallsreich sein. „Na, Hauptsache, sie fliegt nicht noch aus dem Graben raus."

*

Am folgenden Nachmittag waren Conrad und Victoria mit dem Kanalplan auf der weiten Wiese unterwegs, um die Winkel für die nächsten Schächte auszumessen. Victoria musste die Schachtunterteile zwei Wochen im Voraus bestellen. Sie wurden im Betonwerk mit der entsprechenden Biegung im Gerinne fix und fertig hergestellt.

Fred hatte den Laser neben dem Graben abgelegt und fuhr seine Grabenwalze. Es dauerte eine Weile, bis er feststellte, dass sich Eriks Bagger nicht mehr bewegte.

Der Baggerlöffel voller Erde hing mitten in der Luft. Erik starrte daran vorbei die Wiese entlang. Ein bildhübsches Mädchen kam leichten Schrittes genau auf ihre Baustelle zu.

Freds Horizont unten im Graben war ziemlich begrenzt. Er sah das Mädchen erst, als es am Grabenrand stand. Seine Miene erhellte sich und er wollte die Walze abstellen, aber Erik kam ihm zuvor.

Erik hatte den vollen Baggerlöffel abgesetzt und sprang nun aus der Kabine. Er sah auf seine Uhr und machte eine Geste zu Fred. „Du hast noch zehn Minuten zu walzen. Ich kümmere mich um unseren Gast." Erik grinste und ging zum Grabenrand. Das Mädchen stand auf der anderen Seite.

Fred winkte dem Mädchen kurz zu und arbeitete weiter. Misstrauisch ließ er die beiden nicht aus den Augen. Endlich hatte er die Lage vollständig verdichtet und kletterte aus dem Graben. Erik und das Mädchen unterhielten sich über den Abgrund hinweg und lachten. Fred kam auf der richtigen Seite oben an und wurde mit Umarmung und Küsschen begrüßt. Eifrig erklärte er Anastasia seine neue Baustelle. Dann zeigte er ihr den Kanallaser, schaltete ihn ein und bewegte ihn ein wenig hin und her, sodass der Laserpunkt über die Erdhaufen tanzte. „Der steht eigentlich unten im Graben. Mit dem Laser legen wir die Rohre."

„Mit dem Laser? Wie bei Star Wars – Krieg der Sterne?" Freds Freundin trat ängstlich einen Schritt zurück.

„Ist nicht wirklich gefährlich." Conrad machte eine beschwichtigende Geste mit der Hand und musste sich das Lachen verkneifen. Victoria und er hatten ihre Vermessung beendet.

Aber Anastasias Blick schweifte zu Eriks Bagger. Sie neigte den Kopf zur Seite und begann, an der Lasergeschichte zu zweifeln.

Erik setzte eine ernste Miene auf und versuchte, ihre Zweifel zu zerstreuen. „Den Bagger haben wir nur zum Zufüllen des Grabens."

„Quatsch, ihr verarscht mich." Das klang trotz des harten Wortes irgendwie süß. Anastasia drehte sich zu Fred um.

Fred wurde knallrot. „Nein, also … nicht direkt." Hilfesuchend sah er Conrad an und suchte einen Ausweg. „Wir sind doch fertig für heute, oder nicht?"

Aber Conrad hatte noch ein anderes Problem und sprach bereits mit Erik. „Du müsstest mit dem Bagger nochmal Abschleppdienst spielen. Unser neuer LKW-Fahrer hat die Kiste wieder versenkt." Er zeigte nach vorn über die Wiese.

Erik verdrehte die Augen. „Trotz Allrad. Da haben sie uns ja eine Handlampe geschickt. Ich glaube, die leuchtet nicht mal im Dunkeln.

Anastasia war ganz erschrocken. „Wie, arbeitet ihr bis abends? Aber nicht heute, oder?"

Jetzt konnte sich Conrad nicht mehr halten. Auch Erik lachte los und Fred begann zu husten, um nicht lachen zu müssen.

Victoria nahm Anastasia beiseite. „Bauarbeiter! Die darf man nicht so ernst nehmen." Sie sah Anastasia freundlich an und wechselte schnell das Thema. „Und du holst Fred heute ab?"

„Ja, mein Auto steht dort vorn. Ich glaube, ich kann mit dem nicht über die Wiese fahren." Sie hatte wieder diesen unschuldigen, fröhlichen Gesichtsausdruck.

Victoria machte eine Geste zu den Männern. „Kommt Leute, macht mal Feierabend!" Sie wandte sich wieder Anastasia zu und sie plauderten noch ein wenig miteinander.

Eriks Bagger brummte in der Ferne beim Abschleppen. Fred räumte mit Conrad schnell die Baustelle auf und kam dann mit seiner Tasche herüber.

Victoria nickte Anastasia herzlich zu. „Dann mach´s gut. Du kannst jederzeit wieder herkommen."

„Ja, Tschüss!" Anastasia hob kurz die Hand.

Als Victoria und Fred aneinander vorübergingen, hielt sie ihn kurz am Arm und sah ihm offen in die Augen. „Du hast eine sehr nette Freundin. Sei fair zu ihr, okay?"

„Ja … klar." Und Fred wurde wieder knallrot.

Victoria schaute den beiden noch eine Weile hinterher. Sie hielten sich an den Händen und steckten die Köpfe zusammen. Ab und zu stolperten sie auseinander, um dann gleich wieder zusammenzukommen.

Conrad gesellte sich zu Victoria. Auch er freute sich irgendwie über die beiden und genoss den Anblick. „Nicht die hellsten Kerzen am Weihnachtsbaum …"

„Aber genau die machen das Leben erst schön, glaub mir."

*

In der folgenden Woche würde Steffen wiederkommen. Und so hatte Conrad Freds Drängen am Ende nachgegeben. Gemeinsam mit Fred war er am Freitag Morgen in den letzten Schacht geklettert. Eriks Bagger stand vor dem Graben, bereit weiterzuschachten. Nur den Löffel hatte Erik mit langem Arm seitlich abgelegt. Er ging mit der Fettpresse in der Hand drumherum und drückte frisches Fett in die Buchsen der Gelenke.

Conrad schaute aus dem Schacht heraus und winkte. „Erik, kannst du mal in den Graben schauen, ob der Laserpunkt vorn ankommt?"

Erik wunderte sich, weil er das noch nie machen sollte, ging zum Grabenrand und versuchte, den rötlichen Punkt in der Tiefe zu erkennen.

Er sah keinen Punkt, aber er hörte ein seltsames Zischen, das aus dem Kanalrohr zu kommen schien. Dann schoss etwas aus dem Rohr heraus und flog gegen das Grabenende. Funken sprühten und es rauchte. Dann zerriss ein Donnerschlag die morgendliche Stille.

Ein knallbunter Lichterregen füllte den Graben aus. Erik stolperte zurück. Ihm fiel die Fettpresse aus der Hand. Dann starrte er in den von Nebel verhüllten Graben und versuchte zu begreifen, was geschehen war. Um besser sehen zu können, lief er gebückt ein wenig hin und her. Letztlich richtete er sich auf und sah Conrad und Fred neben dem Schacht stehen und lachen. Sie lachten anscheinend über ihn.

„Ihr Flachzangen!" Erik hob seine Fettpresse auf und hielt sie hoch. „Euch müsste man hiermit mal einen richtigen Einlauf machen!"

Schnell kamen Conrad und Fred näher. „Gesundes Neues Jahr!" Sie lachten immer noch.

Auch Erik begann jetzt zu lachen. „Ich brauch gar nicht darüber nachzudenken, wessen Idee das war." Er schüttelte den Kopf. „Fred, du bist wie eine ansteckende Krankheit."

Fred strahlte wie ein Kind zu Weihnachten. Zu dritt blickten sie in den Graben hinein. Es roch wie Silvester in einer schmalen Gasse. Heller Rauch zog aus dem Rohr und verflüchtigte sich schnell.

Die Rauchschwaden wurden jedoch nicht weniger und Conrad beschlich ein ungutes Gefühl. Er ging zum Schacht zurück und richtete den Laser ein. Dann lief er im Graben nach vorn und schaute ins Rohr. Er stellte seine Zielscheibe hinein. Aber sosehr er auch auf seiner Fernbedienung herumdrückte, der Laserpunkt kam nie auf der Zielscheibe an.

„Was für eine Scheißidee." Conrad sah aus dem Graben zu Erik und Fred auf. „Die gesamte Leitung ist voller Qualm. Der zerstreut das ganze Laserlicht und leuchtet schön rot. Aber hier vorn kommt nichts mehr an."

Fred grinste. „Wir könnten einen Ventilator vors Rohr stellen."

„Käse!" Erik gab ihm einen Klaps auf den Kopf.

Conrad zuckte mit den Schultern. „Ich glaube wir bauen den Schacht schon mal auf und füllen den Graben bis hierher zu."

Anschließend legten sie einige Rohre entlang der Trasse aus. Dann zogen sie ihre Mittagspause vor und standen noch eine halbe Stunde um den Bagger und den Graben herum, bis ein hauchdünner Laserpunkt auf der Zielscheibe erschien. Der Rauch hatte sich endlich verflüchtigt.

„Jetzt aber los!" Conrad kletterte in seinen Verbau. „Keine Unterbrechungen mehr bis Wendlingen!"

Er hatte keine Ahnung, was ihnen noch bevorstand.

Neun

„Guten Morgen." Victoria betrat die geräumige Küche in ihrem alten Bauernhaus.

Die Sonne schien durch ein Sprossenfenster herein.

„Moin." Ihr Vater stand vor der Anrichte, hantierte mit Kaffeedose und Filtertüten und schaltete dann die Kaffeemaschine ein.

Das gurgelnde Geräusch am Morgen hatte Victoria schon immer gefallen, obwohl sie nie Kaffee trank. Sie genoss den Kaffeeduft, der in der Luft lag, streckte sich und berührte mit den Fingern die niedrige Holzdecke.

„Und, willst du auch eine Tasse?" Grinsend öffnete Heinrich den Küchenschrank.

„Seit dreiundvierzig Jahren, nein, danke." Victoria ging lächelnd zum Kühlschrank und holte eine Flasche Orangensaft heraus.

Gemeinsam deckten sie den Tisch für drei.

„Ist Tristan schon wach?"

„Spielt mit seinen LKWs. Ich hole ihn gleich." Victoria blickte zur Decke, als könne sie durch sie hindurch in Tristans Zimmer schauen.

„Also, sagst du es ihm heute?"

„Wem?" Sie tat unwissend. Jetzt ging es wieder los.

„Hans."

Victoria seufzte. „Ich weiß nicht."

„Du wolltest drüber schlafen."

„Ja."

„Hast du doch jetzt."

„Aber nicht oft genug. Das braucht Zeit. Wir kennen uns noch nicht so lange."

„Fünf Monate."

„Viereinhalb."

„Lange genug. Du sagst doch selbst, wie schön alles ist, mit Hans. Und ich sehe es dir auch an."

„Trotzdem. Menschen verstellen sich manchmal, ohne dass sie es wollen. Erst ist alles gut und später … Ich hab das alles schon durch. Und nicht nur einmal. Ich weiß einfach nicht, wie Hans reagieren wird." Victoria starrte auf den Tisch.

„Es gibt nur einen Weg, das herauszufinden."

„Ja."

„Also wann?" Heinrich sah sie auffordernd an.

„Bis Weihnachten. Einverstanden?" Victoria atmete tief ein und wieder aus.

„Weihnachten?" Heinrich lachte kurz auf. „Du nimmst das nicht ernst, hm?"

„Doch, ich …"

Telefonklingeln erlöste Victoria. Sie nahm ihr Handy auf und betrachtete das Display. Conrad! Früh am Morgen. Das war nichts Gutes. Victoria wurde ganz flau im Magen. „Morgen, Conrad. Was gibt's?"

Ihr Vater beobachtete, wie Victoria die Luft anhielt und alle Farbe aus ihrem Gesicht wich.

„Ist euch was passiert?" Ihre Stimme zitterte.

Sie hörte zu und atmete auf.

„Und der Bagger?"

Sie hörte wieder zu.

„Was, wie groß?" Victoria erschrak. „Das gibt es doch nicht! Okay, ich mache mich schlau und komme dann gleich raus."

Ihr Vater sagte nichts. Er wusste, wie es jetzt weiterging.

Victoria sah ihn entschuldigend an. „Ich erzähl's dir heute Abend. Kannst du Tristan bringen?"

„Klar."

„Danke." Victoria verschwand kurz in ihrem Arbeitszimmer. Als sie nach ein paar Minuten mit einem

Notizzettel in der Hand herauskam, ging ihr Vater die knarrende Holztreppe hinauf, um nach Tristan zu sehen.

„Tschüss!" Dann war sie zur Tür hinaus.

*

Der Tag auf Conrads Wiesenbaustelle fing so gut an wie jeder andere. Ein Rohr hatten sie bereits gelegt und Eriks Baggerlöffel grub sich erneut in die weiche Erde. Schicht für Schicht hob er den Graben für das zweite Rohr aus. Conrad und Steffen, der wieder gesund war, sahen zu. Steffen vom Grabenrand, Conrad aus dem Verbau heraus, seinen gelben Helm auf dem Kopf.

Das Rohr im Verbau war mit Splitt abgedeckt und dann mit einer Lage Aushub und darauf stand Conrad. Er stützte sich auf seine Schaufel und beobachtete durch die vorderen Streben hindurch den Laserpunkt auf dem Baggerlöffel. Mit Handbewegungen gab er Erik Hinweise, wie er schachten musste. Jetzt war der Graben ausreichend lang und tief genug für das nächste Rohr.

Erik zog den Löffel mit dem Rücken noch einmal über die Grabensohle. Der Laserpunkt tanzte auf dem Löffelrücken, etwa dreißig Zentimeter über der Sohle. Genau richtig. Erik hob den Arm des Baggers, klappte den Löffel ganz ein und als der Baggerlöffel aus dem Graben heraus war, schwenkte er ihn auf Steffens Seite.

Steffen hatte bereits die Öse des schweren Kettengehänges in beiden Händen. Er sah den großen Haken, der am Gelenk des Löffels verschweißt war. Erik bewegte ihn mit langem Arm auf ihn zu. Steffen hängte die Öse in den Haken und beobachtete, wie Erik das Vierergehänge hoch in die Luft hob und vorsichtig zu Conrad in die Mitte des Verbaus hinabließ. Die Ketten klimperten, als sie aneinanderstießen.

Conrad turnte nun zwischen den Streben des Verbaus herum und hängte die Haken des Gehänges in vier Ösen an den oberen Ecken des Verbaus ein. Dann kletterte er über die Leiter nach oben zu Steffen.

Sie beobachteten, wie Erik den Verbau ein wenig anhob, nach vorn durch den Graben schweben ließ und so absetzte, dass das nächste zu verlegende Rohr genau innerhalb des Verbaus liegen würde.

Steffen holte die Leiter nach und stellte sie an der hinteren Kante des Verbaus ab. Sie ragte seitlich aus dem Graben. Mit fließenden Bewegungen stieg Conrad ein Stück die Leiter hinab und klinkte den ersten der vier Haken aus. Er turnte zwischen den hinteren Streben herum und entfernte auch den zweiten Haken. Es machte ihm offensichtlich Spaß, fast wie bei seinen Extremläufen, wo er die verschiedensten Hindernisse überwinden musste. Um an die beiden anderen Haken zu gelangen, hangelte er gern innerhalb des Verbaus seitlich an einer Stahlwand entlang. Diesmal kam er nicht dazu.

Conrad stand hinten auf der unteren Strebe und hielt sich an der oberen fest. Er war gerade im Begriff, zwischen den Streben hindurch in den Verbau zu klettern, da bewegte sich alles. Die Grabensohle brach plötzlich in einen darunterliegenden Hohlraum. Der Verbau kippte nach unten, hing jedoch noch an zwei

Ketten am Baggerlöffel, was seinen Sturz bremste. Es war ein Reflex, der Conrad dazu bewegte, nach hinten vom Verbau zu springen. Nicht auf die Leiter, sondern weiter weg, auf das von Aushub bedeckte letzte Rohr. Etwa dahin, wo er die ganze Zeit gestanden und Erik beim Baggern zugeschaut hatte.

Es war nicht so, dass er darüber nachdachte, oder dass er überhaupt dachte, er reagierte nur auf die sich bewegende Umgebung. Und das nahm noch kein Ende, denn auch die Stelle auf der er landete, bewegte sich jetzt. Er verlor den Boden unter den Füßen, stürzte nach vorn, sah seinen Helm an sich vorbei zur Seite rollen, kam mit den Händen auf und krabbelte panisch weiter. Er sah nicht, was hinter ihm geschah.

Aber Steffen. Vor Schreck erstarrt beobachtete er, wie der Verbau abkippte und zwei Meter in die Tiefe rutschte. Die Leiter folgte mit metallischem Scheppern. Der plötzliche Ruck brachte Eriks Bagger zum Kippen. Das Kettenfahrwerk hob hinten vom Boden ab. Aber Erik schwenkte blitzschnell den Löffel zur Seite, so dass er am Grabenrand aufschlug und den Bagger hielt. Es donnerte und krachte und Ketten schlugen heftig auf Metall.

Conrad kämpfte sich mit Händen und Füßen über die bewegte Erde. Unter ihm rutschte das letzte Rohr aus der Muffe des vorletzten Rohres und verschwand mit Aushub, Splitt und seinem gelben Helm in der Tiefe der Höhle.

Conrad kam auf die Beine und lief im Graben noch ein Stück von der Unglücksstelle weg. Er sah ziemlich blass aus, fing sich aber recht schnell. „Erik, raus aus dem Bagger!" Dann scheuchte er Steffen zurück. „Weg vom Graben!"

Keine Sekunde zu früh löste sich Steffen aus seiner Starre und ging einige Schritte rückwärts. In diesem Moment erschien ein Riss vor ihm in der Wiese, der schnell breiter wurde und ein Teil der Grabenwand stürzte von der Seite auf den Verbau und zerkrümelte.

Eine unheimliche Stille legte sich über die Baustelle. Vorsichtig trat Erik neben Steffen an den neuen Grabenrand.

Auch Conrad bewegte sich mit angehaltenem Atem etwas näher an das Phänomen heran. „Ach du meine Fresse. Und da wollen sie mir immer erzählen, wie gefährlich Alaska sei." Er schüttelte den Kopf. „Habt ihr so was schon mal gesehen?"

Steffen brachte kein Wort heraus.

Erik starrte noch immer ungläubig in die Tiefe. „Ich hab mal gesehen wie ein Abrissbagger mit einer Kette in den Keller eines alten Hauses eingebrochen ist. Er ist dann nach rechts umgekippt, der Fahrer öffnete die Kabinentür nach oben wie ein U-Boot Kommandant die Luke und krabbelte aus seinem Bagger heraus wie ein Murmeltier aus seinem Bau." Erik grinste und sah Steffen von der Seite an.

Aber Steffen saß der Schreck noch in den Gliedern. Er starrte stumm in den Graben.

Erik stieß ihn kameradschaftlich an. „Jetzt kannst du mal was Spannendes in deinen Berichtshefter schreiben."

Langsam näherte sich Conrad dem Hohlraum. Es war nicht besonders hell dort unten, aber er konnte die Ausmaße der Höhle erkennen. Sie war keine fünf Meter lang, aber drei Meter breit und tief genug, dass die Oberkante vom Verbau auf Höhe der Grabensohle lag. Sie erstreckte sich nicht bis zu Eriks Bagger. Die schwere Maschine hing also über festem Grund.

Dann kletterte Conrad mit Steffens Hilfe aus dem Graben heraus und holte das Handy aus der Beintasche seiner Arbeitshose.

Während Conrad telefonierte, ging Erik zu seinem Bagger. Es war schon ein spektakuläres Bild. Der lange Baggerarm verschwand halb im Graben, der Bagger stand ein wenig vornüber geneigt, als wollte er bald folgen, das Kettenfahrwerk hing hinten einen Meter in der Luft.

Erik drehte sich zu Steffen um. „Schau mal genau hin. Wenn sich doch noch was bewegt, machst du dich bemerkbar! Alles klar?"

Steffen war plötzlich wieder bei der Sache. „Du willst doch nicht da einsteigen?"

„Na, denkst du, wir können den Bagger so stehenlassen?" Erik setzte sich vorsichtig auf den Fahrersitz und startete den Motor.

Er senkte den Baggerarm weiter in den Graben hinunter, bis die Ketten des Vierergehänges ihre Spannung verloren hatten und seine Antriebsketten wieder vollständig auf dem Boden standen. Dann fuhr er bis zur Grabenkante vor, näher an den Abgrund. Aber er zog auch den Arm näher an den Bagger heran und hatte damit viel mehr Kraft und Stabilität, als mit einer langen Auslage. Vorsichtig zog er nun an und schleifte den Verbau an den beiden verbliebenen Ketten auf sich zu, aus dem Hohlraum und dem Graben heraus, bis die Stahlplatten auf der Wiese standen.

Steffen musste sich ganz schön strecken, um die beiden von Conrad ausgeklinkten Haken wieder einzuhängen. Dann konnte Erik den Verbau anheben, zur Seite schwenken und weit entfernt vom tiefen Loch auf der Wiese abstellen. Steffen hängte nun die große Öse aus Eriks Haken aus. Das Gehänge blieb am Verbau.

Conrad war fertig mit telefonieren, lief um das Loch herum und betrachtete alles ganz genau. Es war wirklich nur ein einziger Hohlraum, es gab keine weiteren Gänge oder Nachbarhöhlen. Die verbogene Leiter ragte ein Stück aus der nachgerutschten Erde heraus. Auch das Ende des abgerutschten Rohres konnte Conrad erkennen. Sein Helm war bis in eine Ecke der Höhle gekullert.

„Na, dann wollen wir mal unsere Leiter und das Rohr bergen, bevor Victoria kommt." Conrad ging auf Steffen zu. „Hol mal das Rohrseil."

Steffen erschrak. „Und dann?"

Erik hatte den Löffel abgesetzt und war aus seinem Bagger gesprungen. Er ließ den Motor laufen. Er wusste was jetzt kam. „Dann kletterst du da runter und hängst das Rohr an, das reingerutscht ist."

Conrad grinste. „Und die Leiter."

Steffen stand der Mund offen. „Was?"

„Du hast schon verstanden."

„Ich geh doch nicht da runter in die Höhle!"

„Vielleicht ist dort ja ein Schatz versteckt."

„Quatsch."

„Schon gut. Ich geh runter." Conrad stieß Steffen an.

„Was?"

„Aber nicht zu Fuß."

Steffen verstand gar nichts mehr.

„Fahrstuhl." Conrad stieg in Eriks Baggerlöffel.

Erik stieg in den Bagger.

„Und wenn der Kupferbrandt wiederkommt, der von der Berufsgenossenschaft, der letzten Monat schon nicht begeistert war, wie wir hier arbeiten?" Steffen machte sich jetzt wirklich Sorgen.

„Dann sollten wir fertig sein. Der kommt vielleicht wirklich, je nachdem, wen Victoria alles anruft, um herauszufinden, was das für eine Höhle ist." Conrad zeigte auf das Stahlseil hinter Steffen. „Hol erstmal das Seil."

Zögerlich hängte Steffen das Seil an den Löffel in dem Conrad stand.

„Steffen, schau auf die Grabenwände, falls sich was bewegt!" Erik setzte Conrad unten ab.

Erfurchtsvoll stieg Conrad über die herabgefallene Erde zum Höhlenboden hinunter. Rechts vom Bagger war der Graben nicht eingestürzt. Der Hohlraum war eine schmale Höhle. An dieser Stelle war es wirklich noch gefährlich, aber dort entdeckte er seinen Helm. Den Helm wollte Conrad zuerst holen. Er hatte eine besondere Beziehung zu diesem Helm. Seit er im Tiefbau arbeitete, von Anfang an, besaß er diesen Helm. Er würde ihn nicht hier zurücklassen. Conrad lauschte in die Stille der Höhle hinein. Er versuchte, sie zu fühlen, eine eventuelle Gefahr zu spüren. Mit angehaltenem Atem ging er zu seinem Helm und setzte ihn auf. Es war feucht hier unten und obwohl die Höhle jetzt offen war, schmeckte die Luft nach dem Unbekannten. Bei allem, was die Menschheit über die Erde wusste, war es immer wieder schön, ab und zu eine Überraschung zu erleben. Conrad genoss diesen Augenblick.

Erik wurde ungeduldig. „Soll ich dir dein Frühstück runterbringen, oder machen wir noch ein bisschen weiter?"

Conrad hängte geschwind das Rohr an und stieg wieder in den Baggerlöffel. Es war ein cooles Gefühl, wenn Erik den Löffel anhob und oben zur Seite schwenkte. Conrad blieb im Löffel stehen, während Steffen das Rohr aushängte. Dann bargen sie die Leiter. Conrad hängte auch sie an das Seil und Erik zog sie aus dem Dreck. Sie war ein wenig verbogen, aber Conrad und Steffen legten sie flach auf die Wiese und sprangen eine Weile auf den Holmen herum, bis sie einigermaßen gerade war.

„Wenn der Kupferbrandt kommt und was zu bemängeln sucht, kann er die Leiter haben." Mit diesen Worten stellte Conrad sie wieder in den Graben. Er sah auf die Uhr. Es war erst halb neun. „Wir machen trotzdem schon mal Frühstück. Bis Victoria kommt sollten wir eh nichts mehr unternehmen."

Sie waren noch nicht fertig mit essen, da klopfte es an der Tür und Victoria trat ein.

Dann liefen alle von ihnen um das Loch herum und machten schon die Pläne für das weitere Vorgehen. Aber sie mussten auf einen Geologen warten, den Victoria eigentlich nur um Rat fragen wollte. Der Geologe war jedoch begeistert von seinem Bürostuhl aufgesprungen und wollte sofort rauskommen.

Tatsächlich preschte nach kurzer Zeit ein grüner Geländewagen über die Wiese. An beiden Seiten des Fahrzeugs standen Name, Adresse und Telefonnummer eines geologischen Institutes. Aber keiner konnte das lesen, denn der Wagen war von oben bis unten mit Schlamm bespritzt.

Ein drahtiger, kleiner Mann sprang heraus, begrüßte alle Anwesenden mit einem kurzen „Hallo" und stiefelte begeistert um die Unglücksstelle herum.

„Ein Erdfall! Unglaublich! Und noch nicht von der Oberfläche her nachgerutscht. Meine Güte, das ist wie ein Sechser im Lotto! Erdfälle sind in dieser Gegend ziemlich selten. Dass ihr genau darauf gestoßen seid ist wohl das größte Glück."

Steffen und Erik sahen sich an, als hätte der Mann den Verstand verloren.

Auch Conrad war etwas verwirrt. „Ich hätte gern auf dieses Glück verzichtet."

Victoria trat an den Mann heran. „Wir wollten nur wissen, ob da noch mehr einbricht. Eigentlich würden wir gern weiterarbeiten."

Er sah sie flehend an. „Bitte, nur ein paar Stunden. Das ist wirklich einige Untersuchungen wert." Erfreut musterte er den Bagger. „Sie könnten mir helfen, dann geht's schneller." Damit sah er alle der Reihe nach an. Er hatte eine schöne Art, sie für sein Projekt zu begeistern und eine kleine Gemeinschaft zu schmieden. Zuerst erzählte er zügig und ohne das übliche wissenschaftliche Geschwafel wie so etwas entstehen kann. Dass sich relativ leicht lösliche Gesteine wie Kalk, Gips oder Steinsalz im Grundwasser auflösen und darüberliegende nichtlösliche Deckschichten den Hohlraum bewahren, bis sie im Laufe der Zeit einbrechen und rätselhafte Senken in der Landschaft bilden. Oder bis jemand mit dem Bagger käme, um Rohre zu verlegen.

Dann holte er alle möglichen Kameras aus seinem Geländewagen und stieg über die verbogene Leiter in den Krater hinab.

Die Kamerablitze dort unten erinnerten Erik an Freds Silvesterfeuerwerk. Steffen sah sich immer wieder nach Herrn Kupferbrandt von der Berufsgenossenschaft um, der aber glücklicherweise nicht kam. Denn der Geologe hatte nun auch die Idee, sich in den Baggerlöffel zu stellen, um andere Blickwinkel für seine Fotografiererei zu bekommen.

Dann stellte er allerhand Messgeräte auf, um die Höhle zu vermessen, auch per GPS und mit den genauen Höhen in Bezug auf den Meeresspiegel.

Dazu musste Conrad mit einer Messlatte aus dem Baggerlöffel heraus hantieren, während der Geologe die Daten mit seinen Geräten verfolgte und gleich auf seinen Laptop schickte.

Als Letztes nahm er unzählige Gesteinsproben. Das heißt, Erik musste mit seinem Bagger kleine Brocken

Erde zu Tage fördern. Der Geologe hatte genaue Vorstellungen an welchen Stellen das zu geschehen hatte und führte Erik bis auf den Zentimeter genau an die Stellen heran.

Erik flüsterte Conrad heimlich zu. „Das ist ja schlimmer als bei dir. Der ist voll der Millimeterriese!"

Die Mittagspause war heran, als der Geologe sich verabschiedete. Hocherfreut und überglücklich brauste er über die Wiese davon.

Victoria hatte schon ein wenig herumtelefoniert und Schotter vom Steinbruch angefordert. Aber mitten am Tag war es fast unmöglich, LKWs mit Allradantrieb zu bekommen. Ihre Firma hatte ja auch zwei LKW, aber die waren natürlich schon auf anderen Baustellen und statt Allradantrieb hatten sie Klimaanlagen.

Immerhin war der eine LKW, der sie mit Splitt versorgte, schon unterwegs, mit grobem Schotterbruch, der die unterste Lage bilden sollte.

Bevor sie ihre Mittagspause antraten, vergrößerte Erik das Loch, so dass es keine Hohlräume mehr gab. Und er böschte die Seiten ein wenig ab, so dass man fast gefahrlos eine Grabenwalze in der Tiefe bewegen konnte. Dann stellte Erik seinen Bagger ab.

„Soviel zum Thema Erdfall." Conrad sah Steffen von der Seite an.

Erik trat hinzu und schaute in den Krater. „Sieht aus wie nach einer Explosion, als hätten wir eine Fliegerbombe aus dem zweiten Weltkrieg erwischt."

Conrad blickte die geplante Strecke entlang Richtung Wendlingen. „Kann ja noch kommen."

Steffen hob die Augenbrauen, machte große Augen und sah Conrad ängstlich an. Erik grinste. Dann machten sie Mittag.

Zehn

Hans freute sich immer, wenn er Victorias Stimme am Telefon hörte. Und es wurde nie langweilig mit ihr. „Ein Erdfall? Das musst du mir noch mal in Ruhe erzählen." Und wieder gab es etwas zu helfen. „Der Lothar hat schon noch einiges zu fahren, aber der macht gern mal länger, wenn es ins Gelände geht. Ich denke, Erich hätte nichts dagegen ..."

Hans wusste, wo er Lothar und Erich finden würde. Es war wieder so eine Baustelle, an der sie nicht viel verdienen würden. Sie schachteten für die Funk und Hascher GmbH einen Graben für die Verlegung einiger dicker Elektrokabel. Eigentlich keine große Sache. Aber die Trasse führte an einem Behindertenheim der Lebenshilfe vorbei und dort gab es Probleme mit der Trassenführung. Das Heim bekam nämlich einen ziemlich aufwändigen Anbau und die Paletten mit dem Baumaterial lagerten dort, wo die Elektrokabel verlegt werden sollten.

Hans parkte neben dem Heim am Anfang der Baustelle. Das riesige, alte Haus stand am Ortsrand von Wasserstedt. Es war von vielen großen Bäumen und einem brusthohen Holzzaun umgeben. Hans sah einen Jugendlichen, der über dem Zaun lehnte und die Bauarbeiter beobachtete. Schmale hellwache Augen in einem geschwollen wirkenden, liebenswerten Gesicht. Downsyndrom, dachte Hans und winkte dem Jungen freundlich zu. Es dauerte eine Weile, bis der Junge strahlend zurücklächelte und auch winkte.

Es gab keinen Fußweg. Neben der Straße, parallel zum Zaun, verlief der offene Graben. Ewald kippte mit dem Radlader Sand auf die bereits verlegten Kabel. Im Graben stand ein junger Bursche, den Hans noch nie gesehen hatte, und verteilte den Sand gleichmäßig auf den Kabeln. Er arbeitete zügig und recht ordentlich.

Bevor er neuen Sand holen würde, lehnte sich Ewald aus dem Radlader und zeigte auf eine Stelle im Graben, wo noch Sand fehlte. „Schmeiß dort mal noch eine Schaufel hin."

Der Bursche hob seine Schaufel in die Waagerechte, schätzte die Entfernung ab und warf die Schaufel mit leichtem Schwung den Graben entlang. Sie landete genau an der Stelle, die Ewald gemeint hatte.

„Und was soll das bringen?" Der Bursche sah ihn fragend an.

„Eine Schaufel Sand, du Dummbrot!" Ewald starrte ihn an und wusste nicht, ob der Kerl sich einen Spaß mit ihm machte oder wirklich nicht viel in der Rübe hatte.

„Aber sonst kommt ihr klar?" Hans hob die Hand zum Gruß und ging schnell weiter. Der junge Bursche war bestimmt wieder eine von Erichs spontanen

Rekrutierungen gewesen. Sich umschauend passierte Hans zwei Kabeltrommeln. Auf der einen stand ein Spruch, der Hans zum Lachen brachte. Er ging an Egons Bagger vorbei und entdeckte Erich hundert Meter entfernt neben dem Baumaterial, das im Weg lag.

Erich fuchtelte mit den Armen in der Luft herum und deutete immer wieder auf das Material. Egon stand daneben und nickte fortlaufend.

„Ach, Hans, gut dass du kommst." Erich zeigte auf den Rohbau. „Finde mal einen von denen, der was zu sagen hat und lass sie das Gelumpe wegräumen. Wir müssen morgen hier vorbei."

„Klar. – Du, kann Lothar heute noch ein paar Fuhren für die von Schachtbau machen?"

„Was ist mit den ihren LKWs?" Erich grinste, er fand es immer gut, wenn andere seine Hilfe brauchten.

„Die haben kein Allrad. Das ist auf der Wiese bei Wendlingen."

„Dann frag mal ihren Werkstattmeister, ob die zum Ausgleich unsere Kiste nochmal durch den TÜV bringen können." Dann wandte sich Erich an Egon. „Du lädst Lothar noch eine Fuhre, danach kann er meinetwegen für Schachtbau fahren."

Egon ging zu seinem Bagger.

Hans stieß Erich an und deutete zum Anfang der Baustelle. „Dein neuer Bursche gibt sich schon Mühe, aber er ist trotzdem nicht das vollste Glas auf dem Tisch, oder?"

„Mensch hör bloß auf. Ich hätte lieber einen von

denen hier eingestellt." Erich wies zum Behindertenheim. „Aber der Julius ist ein Neffe eines Bekannten.
Er hat keine Lehrstelle bekommen. Will sich nur bisschen was verdienen. Da konnte ich nicht Nein sagen.
Wir warten mal paar Tage ab."

Hans schmunzelte. „Ist schon in Ordnung."

„Schönen Feierabend dann, und vergiss den Werkstattmeister nicht, der TÜV ist schon zwei Monate
drüber." Erich ging zu seinem Auto auf der anderen
Straßenseite und fuhr davon.

Lothar kam ihm auf der Straßenmitte entgegen
und machte einen Schlenker, um Erich auszuweichen.
Dann postierte er sich neben Egons Bagger.

Hans ging auf die beiden zu und besprach mit Lothar,
wohin er fahren sollte und ob es okay wäre, wenn er
abends länger machte. Anschließend wies Hans auf
den Spruch an der Kabeltrommel.

Nimm die Schaufel nicht so voll, wenn die Arbeit reichen soll!

„Nehmt ihr euch das zu Herzen?"

Egon setzte sich in seinen Bagger. „Die von Funk
und Hascher kamen sich ziemlich geistreich vor, als sie
die Kabeltrommel abluden. Als wäre der Spruch für
uns."

„Die haben selber eine Tiefbautruppe. Das ist ihr
eigenes Motto." Lothar grinste.

„Ach hier, die Hochbautruppe …" Hans wies in
Richtung Rohbau. „Wisst ihr, wer da was zu sagen hat?"

„Keine Ahnung." Dann zeigte Lothar plötzlich an Hans vorbei. „Aber frag mal den dort."

Hans drehte sich um und sah einen hoch gewachsenen Mann mittleren Alters in guten Klamotten mit einem weißen Bauhelm auf dem Kopf. Er stand vor dem Rohbau, schaute aber zu Hans.

„Der mit dem Helm?"

„Ja. Das ist der Bauleiter."

Hans ging auf den Mann zu. Er bemerkte nicht, wie Egon und Lothar sich ansahen und grinsten. Hans stellte sich dem Mann vor und deutete dann zum Rohbau. „Ist das Ihre Baustelle?"

Der Mann sprach ruhig und recht langsam. „Naja, wir sind jetzt ziemlich viele."

Hans stutzte. „Ihr seid viele? Und wieviele?"

Der Mann überlegte ziemlich lange.

Hans wurde ungeduldig. „Na, wieviele arbeiten denn hier auf eurer Baustelle?"

„Ach so, auf der Baustelle. Etwa die Hälfte." Der Mann verzog keine Miene.

„Die Hälfte?" Hans grinste. „Und die andere Hälfte?"

„Die gammeln nur rum."

Hans lachte los. Er fand das echt lustig. Manche Bauleiter waren schon recht locker, aber Witze machte selten einer. „Nicht schlecht. Also, wir verlegen hier Elektrokabel. Neben der Straße." Hans zeigte am Baumaterial vorbei zu einer Trafostation einige hundert Meter entfernt. „Bis zu der Station dort hinten."

Der Mann schüttelte den Kopf. „Ich hab nichts dagegen."

„Aber die Paletten mit dem Baumaterial stehen im Weg."

„Hm." Er überlegte kurz. „Die kommen schon noch weg."

„Die müssen heute noch weg, spätestens morgen früh."

„Na, so schnell geht das nicht."

„Nicht verarbeiten, einfach um die Ecke stellen. Da in den Hof rein, dort ist doch Platz." Hans machte eine Geste mit beiden Armen. „Gabelstapler. Keine halbe Stunde. Habt ihr einen Gabelstapler?" Hans wurde jetzt wirklich ungeduldig. Er bemerkte einen der Bauarbeiter, der zwischen dem Rohbau und den Paletten an der Wand lehnte.

Der Mann mit dem Helm hob den Kopf und einen Finger, als ginge ihm ein Licht auf. „Gabelstapler? Na klar, in unserer Küche."

„In der Küche?" Hans hatte mit einem Mal ein ganz seltsames Gefühl. Er las den Firmennamen auf dem Bauhelm des Mannes: „Hochbreit".

Der Mann drehte sich zum Behindertenheim um und zeigte auf ein großes Fenster. „Wir könnten Willi fragen. Wenn der die Spülmaschine ausräumt, stapelt er die Gabeln ganz akkurat in die Schublade. Die Löffel auch."

Hans wusste nicht ob er lachen sollte oder im Boden versinken. Da hatten sie ihn schön reingelegt. Lautes Gegröle lag in der Luft. Der Bauarbeiter an der Wand hielt sich den Bauch. Ein anderer lehnte aus einem Fenster des Rohbaus und stützte sich auf der Mauer ab.

Selbst Lothar und Egon hörte Hans bis hierher lachen. „Das kann doch nicht wahr sein." Er murmelte vor sich hin und ging zu dem Bauarbeiter an der Wand. „Der Helm ist von euch, der Mann aber nicht?"

Der Arbeiter lachte immer noch, antwortete aber trotzdem. „Jeden Tag kommt der zu uns auf die Baustelle. Er steht plötzlich neben dir und meint, dass sie mehr Platz bräuchten, drüben in ihrem Heim, und fragt, wann wir endlich fertig wären." Er schüttelte den Kopf. „Irgendwann haben wir ihm einen unserer Helme gegeben, für den Fall, dass ihm was auf den Kopf fällt. Was vermutlich keinen Unterschied macht, aber sicher ist sicher."

Hans lachte und der Arbeiter hielt sich nochmal den Bauch.

„Sind trotzdem nette Kerle da drüben. Wir bekommen sogar Mittagessen in ihrer Kantine, nachdem sie alle fertig sind."

„Na gut. Unser Problem hast du ja mitbekommen?"

„Ja, vorhin schon, als euer Chef da war, aber da haben wir uns nicht rausgetraut. Der hat sich ganz schön aufgeregt. Hatte wohl Kernbrennstäbe zum Frühstück?"

Hans winkte ab. Die Firma wuchs Erich jetzt wirklich über den Kopf. Er hatte allzu oft schlechte Laune. Da musste bald mal eine Lösung her.

„Die haben das Zeug abgeladen und wir dachten, das stört keinen und haben's stehenlassen. Wir haben sowieso keine Technik am Platz."

Hans zeigte die Straße entlang zu Ewald. „Ich kann unseren Radlader herschicken, der baut eine Gabel dran, es müsste nur einer von euch mal bisschen mit gucken. Vielleicht ladet ihr unsere Kerle als Ausgleich mal zum Mittagessen ein."

„Kein Problem." Der Arbeiter grinste immer noch.

Der Mann mit dem Helm hatte sich jetzt umgedreht und beobachtete, wie Egon zu baggern begann.

Hans ging an ihm vorbei. „Und pass mal bisschen besser auf, ich glaube, die machen zu viele Pausen."

Der Blick des Mannes pendelte zwischen dem Rohbau und Egons Bagger. „Wer von denen?"

„Alle, jeder Einzelne!"

Schmunzelnd ging Hans zu Egon und Lothar. Egon hielt den Bagger kurz an.

Lothar grinste breit. „Und, habt ihr alles besprochen. War ja ganz schön lang, euer Gespräch."

„Eins zu null für euch. Der war wirklich gut. Ich werde wohl doch langsam alt. Hat der euch auch schon besucht?"

„Gleich am ersten Tag. Wir hatten noch nicht mal angefangen, da wollte er schon wissen, wann wir fertig sind." Lothar lachte auf. „Ewald dachte, der wäre Polier oder so. Hat den sogar mit Sie angesprochen."

„Ich lass mal Ewald die Paletten wegsetzen. Der Julius kann dann hier bisschen nachschachten. Lernt den ordentlich an, er ist anscheinend 'ne Weile bei uns." Dann nickte er Lothar zu. „Und viel Spaß in Wendlingen, ist 'ne interessante Sache dort."

Immer noch über sich selbst lachend, ging Hans weiter. Er bedeutete Ewald anzuhalten und zeigte zu dem Mann mit dem weißen Bauhelm. „Der Polier von

Hochbreit hat gesagt, du sollst mal die Paletten dort oben wegsetzen."

Ewald sah Hans verstört an. „Häh …?"

*

Es war nicht sonderlich kompliziert gewesen, die Erdhöhle zu verfüllen, wie sie sie nannten. Die LKWs kämpften sich über die Wiese und kippten groben Schotter direkt in den Krater. Wichtig war, dass sie die Lagen ordentlich verdichteten, damit es später keine Setzungen unter der fertigen Rohrleitung gab. Anfangs fuhr Conrad die Grabenwalze selbst, weil eventuell doch noch eine Grabenwand einstürzen konnte. Bei den letzten Lagen brummten dann Steffen die Hände, da sich die Vibrationen des Rüttelwerkes unvermeidlich bis in die Steuerhebel der Walze fortsetzten.

Endlich war Feierabend. Conrad schickte Steffen pünktlich nach Hause. Es genügte, wenn nur er und Erik länger machten, um die allerletzte Lage einzubringen. Dann brachte Lothar eine Fuhre Magerbeton für die endgültig allerletzte Lage. Auf dem ausgehärteten Betontablett konnten sie morgen dann ganz normal weiterarbeiten.

Steffen ließ sich am Klärwerksbau von einem Kumpel abholen. Den Kilometer dorthin lief er zu Fuß, entlang ihrer bereits verlegten Leitung. Anfangs war die Trasse noch gut zu sehen, aber weiter Richtung Klärwerk war schon Gras über ihre Leitung gewachsen. Das Einzige, was an wochenlange Arbeit erinnerte, waren die Kanaldeckel, die er alle siebzig Meter entdeckte. Auch am Klärwerk hatte sich einiges getan.

Die Gebäude waren fertig, wie auch das große Becken vor der Ablaufleitung. Das Betonbecken am Einlauf war gerade im Bau.

Steffen blieb interessiert stehen. Der Krater, den der Erdfall ihnen beschert hatte, war winzig gegenüber der riesigen Baugrube für das Einlaufbecken. Die Baugrube schätzte Steffen auf sechs Meter Tiefe. Die Grundplatte des Beckens auf dem Boden der Baugrube war bereits fertig. Das erste Rohr, das Conrad vor Wochen verlegt hatte, ragte aus der Baugrubenwand heraus. Von der Erdoberfläche aus lag das Rohr drei Meter tief. Die runde Betonfläche lag noch einmal drei Meter tiefer als ihr Rohr.

Am Rand der Grundplatte wurde nun begonnen, die Schalung für die Seitenwand des Beckens zu errichten. Irgendwann wäre das Becken fertig. Dann würde man rundherum zufüllen und ihre Rohrleitung drei, vier Meter verlängern, sodass die Abwässer in das Becken fließen konnten. Bis es soweit wäre, würde Abwasser aus ihrem Rohr drei Meter tief in die Baugrube plätschern.

Steffen stellte sich vor, wie die Schalungsbauer aus drei Metern Höhe eine Dusche aus Abwasser bekämen. Er grinste vor sich hin. „Na, dann werdet mal fertig, bevor wir in Wendlingen ankommen und deren Kanalnetz anschließen."

Ein Auto hupte vorn an der Straße. Steffen eilte zu seinem Kumpel. Der lustige Gedanke, den er gerade gehabt hatte, lag allerdings noch über der Landschaft.

Elf

Nach dem Erdfall ging das Rohrlegen zügig weiter. Noch immer kein Grundwasser, obwohl sie nur zehn Meter Abstand zum Strudelbach hatten. Der Geologe vom Erdfall hatte ihnen Mut gemacht. Er meinte, bei dem lehmigen Boden würden sie kein Wasser im Graben haben, selbst wenn sie unter dem Strudelbach schachten würden. Doch genau das mussten sie in den nächsten Tagen machen. Die letzte Herausforderung lag vor ihnen.

Nach dem Frühstück breitete Conrad seine Unterlagen auf dem kleinen Tisch aus. Victoria war auch dazugekommen. Zu viert betrachteten sie den Plan, der den zu verlegenden Kanal zeigte. Am Rand von Wendlingen war Schluss. Dort kam ein Abschlussschacht hin. Von ihrer jetzigen Position keine zweihundert Meter entfernt. Der Anschluss des Ortsnetzes würde erst nächstes Jahr erfolgen, wenn das Klärwerk fertig wäre. Ihr Ziel vor Weihnachten war also der Abschlussschacht. Es war bereits Dezember, kalt und feucht. Vor ihrem Fenster tanzten die ersten Schneeflocken.

„Das weiße Gelumpe können wir noch nicht gebrauchen. Zum Glück bleibt das Zeug nicht liegen." Conrad fuhr mit dem Finger eine rote Linie entlang. Das war ihr Kanal. Die rote Linie wurde von einer blauen

Linie gekreuzt, die sich wild über das Blatt schlängelte. Conrad fuhr bis zur Kreuzung und tippte dann mehrmals auf den Plan. „Die Kreuzung des Strudelbachs. Die letzte große Aktion. Er führt nicht viel Wasser. Ich denke, wir packen drei sechs Meter lange 300er Ultraripp-Rohre längs in das Flussbett. Die werden nicht mal halbvoll, wenn der Bach durch sie hindurchfließt. Dann bauen wir eine Brücke drüber, über die Erik fahren kann, bevor wir dann unter dem Bach hindurchschachten." Conrad sah Victoria an. „Die Rohre hatte ich auf dem Bauhof gesehen. Die sind doch noch da?"

„Die waren für uns. Ewald bringt sie jeden Moment her. Ich würde sagen, ihr baut heute die Brücke und legt euren Kanal bis kurz davor. Weiter nicht. Die Bachquerung ist nämlich noch nicht alles." Victoria blickte in die Runde. „Gleich hinter dem Strudelbach kommt die Kreuzung mit der 250er Freispiegelleitung." Sie zog die Kopie eines uralten Planes hervor und breitete sie über dem Kanalplan aus.

Steffen versuchte, etwas auf dem Blatt zu erkennen. Es gelang ihm nicht wirklich. Auch Erik sah etwas ratlos aus.

Conrad sah die beiden an und lachte. „So hab ich auch das erste Mal geguckt. Die Leitung ist von kurz nach dem Krieg, der Plan vermutlich auch. Aber wenn man genau hinschaut, liegt die Leitung zwei, drei Meter hinter dem Bach."

„Ich hab für morgen früh die Wasserversorgung bestellt, die wollten dabei sein, wenn ihr die Leitung freilegt. Und ich denke, ihr sucht sie erstmal und wisst dann genau, wo sie liegt, bevor ihr den Bach quert." Victoria schob den alten Plan ein wenig zur Seite und fuhr mit ihrem Kugelschreiber den roten Kanal entlang, allerdings rückwärts. Sie zeigte auf den letzten Schacht. „Hier steht euer Laser." Dann tippte sie auf den vorhergehenden. „In den Schacht sollten wir eine Pumpe stellen." Dann auf noch einen Schacht zuvor. „Und hier eine Blase setzen. Für den Fall, dass der Bach Wasser verliert, wenn ihr ihn unterquert."

„Hoffe das Beste, aber rechne mit dem Schlimmsten!" Conrad klang richtig fröhlich. „Blase haben wir noch, Notstromer und Pumpe nehmen wir heute Abend mit, wenn wir sowieso in der Firma sind."

„Genau. Die Betriebsweihnachtsfeier ist 16.00 Uhr. Die Zeit, um vorher heimzufahren und euch frisch zu machen, schenkt euch der Chef. Und er hat ein superleckeres Buffet bestellt, also kommt nicht wieder zu spät." Victoria schaute herzlich in die Runde.

Conrad rollte die Pläne zusammen und grinste Steffen und Erik an. „Brücke bauen, noch drei, vier Rohre legen, wird mal ein entspannter Tag."

„Kannst morgen wieder deine Taucherbrille mitbringen, wenn's unter dem Bach durchgeht." Erik schlug Conrad auf die Schulter.

Lachend verließen sie den Bauwagen.

*

Ewald brachte die drei langen Rohre. Erik drückte einige Löffel schön lehmige Erde in das Bachbett und zog alles glatt. Ultraripp-Rohre sind aus Kunststoff mit unzähligen Rippen um das Rohr herum. Leicht genug, um von zwei Mann in das Flussbett gelegt zu werden und stabil genug, um Eriks 22-Tonnen-Bagger zu tragen, nachdem er etwa einen Meter Schotter aufgefüllt hatte. Erik fuhr einige Male auf der Brücke hin und her. Alles blieb stabil. Sie legten noch zwei Rohre bis zur Mittagspause und ein weiteres danach. Erik hatte es mit Splitt und zwei Löffeln Aushub abgedeckt.

Conrad kletterte über die verbogene Leiter wieder in den Verbau hinunter und schaute nach vorn. Es waren noch fünf Meter bis zum Bach. Er sah auf die Uhr. Halb zwei. „Eins können wir noch, okay? Dann die Seiten verdichten, zweimal hin und her mit der Grabenwalze und Feierabend."

Da waren sie locker um drei fertig und kämen tatsächlich mal pünktlich zur Weihnachtsfeier. Conrads Truppe war noch in keinem Jahr pünktlich gewesen. Doch dieses Jahr sollte in die Geschichte eingehen.

Schicht für Schicht hob Erik den Graben aus. Zügig zog er den Baggerlöffel waagerecht durch die Erde auf sich zu. Er konnte es fühlen, wenn große Steine im Weg waren, Wurzeln oder eine nicht eingezeichnete Leitung. Ab und zu hatte er gerade noch rechtzeitig stoppen können, bevor größerer Schaden entstand. Diesmal nicht. Denn die sechzig Jahre alte 250er Freispiegelleitung zerbrach wie eine riesige Salzstange in tausend Teile. Gusseisen. Spröde und von der Zeit gezeichnet. Wasser spritzte in alle Richtungen. Erik schaltete den Scheibenwischer ein, Conrad sprang einen Meter zurück.

Steffen sagte nur ein Wort. „Scheiße."

Dann starrten alle drei ungläubig auf den Schwall, der ihre Baugrube mit Wasser füllte.

Der Strudelbach hatte schon viel erlebt. Dürreperioden während des Sommers, wo er fast trocken fiel, bis auf die Abwässer aus Wendlingen. Eiskalte Winter, in denen er bis auf den Grund gefroren war, mit Eiszapfen am Ufer und fantastischen Kristallformen und Eisblumen auf seiner Oberfläche. Und Überschwemmungen, bei denen er die ganze Wiese für sich beanspruchte. Nach den Überschwemmungen hatte er sich hin und wieder ein neues Flussbett gesucht. Vor sechzig Jahren verlief er sicherlich genau wie auf dem Plan verzeichnet, aber heute war das nicht mehr so.

Eigentlich sollte ein 250er Kanal das Wasser einer 250er Freispiegelleitung eins zu eins fassen können. Aber das Wasser in ihrer Baugrube stieg über den Rohrscheitel ihres letzten Rohres. Es stieg über den Splitt und würde bald Conrads Füße erreichen.

„Der Laser!" Conrad sprintete im Graben nach hinten zu dem Schacht mit den zwei Ringen, in dem der Laser stand. Als er am Schacht ankam, war dieser bereits ziemlich voll. Das Wasser war einigermaßen klar. In anderthalb Meter Tiefe sah Conrad Laserlicht im strudelnden Wasser tanzen. Unter anderen Umständen hätte er sich an dem Anblick erfreuen können. Nicht heute.

Jeder Schacht hat ein Rohr als Zulauf und ein Rohr als Ablauf. Der Laser war in den Ablauf gespült worden, in das Rohr, das vom Schacht Richtung Klärwerk führte. Auf diese Weise waren schon teure Geräte verlorengegangen. Deshalb das Sicherungsseil. Es führte straff von einer Trittstufe in das Rohr hinein und hielt den Laser fest. Der Laser verminderte den Durchfluss im Rohr und das Wasser stieg.

Conrad ließ sich keine Zeit zum Nachdenken. Wie bei seinen Extremläufen sprang er ins eiskalte Wasser, tauchte unter und zog den Laser heraus. Er musste lange die Luft anhalten, denn der Laser verkantete sich immer wieder in der Strömung und es war eine üble Fummelei, um ihn ans Licht zu bringen. Steffen hatte mitgedacht und stand neben dem Schacht im Wasser, das bereits ihren gesamten Graben geflutet hatte. Er nahm den Laser entgegen.

Conrad ertastete den Karabiner an der Trittstufe, klinkte ihn aus und rettete sich mit Steffen auf die Wiese. Er war klitschnass und begann zu frieren. Im Bauwagen hatte er Wechselsachen. Auch Steffen musste seine nassen Schuhe tauschen.

Auf dem Weg dorthin holte Conrad sein Handy aus der Beintasche, schüttelte das Wasser ab und grinste Steffen an, als wäre das ganze hier der totale Spaß. „Outdoorhandy. Wasserdicht!" Dann wählte er Victorias Nummer.

Sie hatte gerade Tristan abgeholt und war auf dem Weg nach Hause. Atemlos hörte sie zu, wendete am nächsten Feldweg und fuhr nach Wendlingen. Tristan machte es Spaß, wenn Mama schnell fuhr. Nebenbei telefonierte sie mit der Wasserversorgung. Es würde jemand rauskommen, aber wo ein Abstellschieber für diese uralte Leitung war, wusste niemand.

„Das weiß höchstens noch der alte Glockner."

Victoria rief nun Erich Glockner an, der jedoch keine Ahnung hatte. Aber er wusste, wer es wissen würde. Rolf Stellap. Rolf war vor Jahrzehnten Erichs Lehrmeister bei der Wasserversorgung gewesen. Rolf wusste alles. Er kannte nicht nur alle Leitungen, er kannte auch alle Gesteinsschichten, die das Wasser jemals durchflossen hatte, bevor es in die Leitungen kam. Vermutlich hatte Rolf sogar die Freispiegelleitung mitverlegt. Allerdings hatte Erich Rolf seit Jahren nicht mehr gesehen. Er wusste nicht einmal, ob der überhaupt noch lebte.

Victoria stellte sich die Suche nach einem Abstellschieber vor. Zu Fuß, entlang einer uralten Wasserleitung ohne Markierungen, über Wiesen und durch Gestrüpp. Da wäre ein Geländewagen eine große Hilfe. Dann sah sie Tristan an, der neben ihr saß und sie anstrahlte. Sie dachte an ihren Vater und daran, dass Hans irgendwann sowieso alles erfahren musste. Warum also nicht heute? Victoria wählte Hans' Nummer.

*

Kurz vor dem Bauwagen blieb Steffen mit einem Mal stehen. „Verdammt! Die Baugrube am Klärwerk."

Conrad sah, wie Steffen ganz blass wurde und dann genau schilderte, wo ihr Wasser hinfloss.

„Das ist über einen Monat her, vielleicht sind die schon fertig. Ich fahr mal rüber." In seinem Adrenalinrausch waren Conrad seine nassen Klamotten egal.

„Aber ..." Steffen sah, wie Conrad zu seinem Transporter rannte.

Erik stand in einiger Entfernung neben seinem Bagger und hob die Arme fragend in die Höhe. Steffen machte dieselbe Geste. Sie sahen Conrad mit durchdrehenden Rädern davonfahren.

Am Klärwerk fuhr Conrad direkt in die Baustelle hinein. Er ließ den Motor laufen. Bereits beim Aussteigen hörte er das Rauschen des Wassers. Er lief am Rand der Baugrube entlang. Das riesige Betonbecken war fertig. Conrad ging um das Becken herum und entdeckte ihr Abwasserrohr, aus dem in einem weiten Bogen glasklares Wasser in die Baugrube sprudelte. Die Grube war also nicht verfüllt worden. An der Außenwand des Behälters wurde sogar noch gearbeitet. Jedenfalls bis vor kurzem. Und ringsherum füllte sich alles mit Wasser. Das Wasser stieg unaufhaltsam an.

Conrad sah sich um. Er erspähte zwei Bürocontainer, klopfte an die Tür des rechten und trat ein. Auf dem Fußboden standen Wasserpfützen und schlammige Schuhe. Über den Stuhllehnen hing nasse Arbeitskleidung. Hinter einem Tisch zogen sich zwei Arbeiter gerade trockene Sachen an. Sie blickten überrascht auf und musterten Conrads nasse Haare und feuchte Sachen.

„Dich hat's also auch erwischt." Der dickere der beiden musste fast lachen.

Der andere war noch ziemlich sauer. „Wenn ich die in die Finger kriege … Bekloppte!"

„Wer hat denn hier was zu sagen?" Conrad wandte sich an den dickeren.

„Der Polier wohnt nebenan."

Also betrat Conrad nun den linken Bürocontainer.

„… und schicken Sie mal die Feuerwehr, dass die's auspumpen. Auf ihre Kosten! Wiederhören." Der Polier knallte sein Handy auf den Schreibtisch und redete gleich weiter. „Ich nehme an, du bist einer von denen?"

Conrad nickte stumm.

„Dann hör mal genau zu. Der riesige Betonbehälter da drüben ist hohl. Wenn euer Wasser weiter steigt und eine bestimmte Höhe erreicht, will der Behälter anfangen zu schwimmen, wie ein tonnenschweres Schiff im Hafen. Nur dass der nicht zum Schwimmen gemacht ist. Sobald er aufschwimmt, bricht er auseinander. Und das will keiner. Ihr nicht und wir erst recht nicht! Also seht zu, dass ihr das Wasser stoppt."

Conrad zeigte auf den Spruch an der Wand neben dem Schreibtisch. „Also nehmt ihr euch das nicht zu Herzen?"

„Überhaupt nicht!" Der Mann schüttelte den Kopf.

Wir bauen auf, wir reißen nieder, so haben wir Arbeit, immer wieder.

Conrad drehte die Heizung im Auto voll auf und raste zurück. Er fror die ganze Zeit schon, aber jetzt erst wurde es ihm bewusst. Trotzdem war noch keine Zeit für trockene Sachen. Er würde sogar noch einmal nass werden.

Erik und Steffen standen an der mit Wasser gefüllten Baugrube. Conrad fuhr auf der Wiese so nah wie möglich heran, sprang aus dem Wagen und ging auf sie zu. „Und, wer von euch macht den Bademeister?"

Bevor einer der beiden etwas sagen konnte, redete Conrad weiter. „Die am Klärwerk saufen ab. Wir müssen eine Blase setzen. Dann saufen wir ab. Aber nicht komplett. Wir schachten an der besten Stelle eine Verbindung von unserem Rohrgraben zum Strudelbach. Wenn das Wasser in unserem Graben steigt, kann es über die Verbindung in den Strudelbach laufen. Dann wird unser Graben wenigstens nicht randvoll." Conrad sah Erik an.

„Klar." Erik verlor keine Zeit mit irgendwelchem Gequatsche und lief zu seinem Bagger.

„Steffen, wir schnappen uns jetzt die Blase."

Sie rannten zum Bauwagen. Conrad war wirklich kalt. Im Inneren drehte er die Gasheizung auf volle Leistung und suchte die Blase hervor. Hastig schleppte er sie zum Schacht. Steffen trug die Druckschlauch-verlängerung und die Fußpumpe hinterher. Er blieb mit der Fußpumpe oben auf der Wiese, am Rand des Grabens. Die Verlängerung der Druckleitung reichte gerade bis in den Schacht hinein.

Conrad band die Sicherungsleine der Blase an eine der Trittstufen. Im Gerinne rauschte das Wasser durch den Schacht und ergoss sich anderthalb Kilometer weiter in die Baugrube am Klärwerk.

„Okay, wie beim Hochwasser an der Pleiße." Conrad sah Steffen ernst an. „Ich geh jetzt da rein und setze die Blase. Ich kann sie nicht gegen die Strömung in den Zufluss schieben, der Wasserdruck ist zu stark.

Also kommt sie in den Abfluss! Sobald sie da drin ist, steigt das Wasser hier im Schacht. Aber das ist nicht dein Problem, okay? Wenn ich unten bin, gib mir fünf Sekunden, dann pumpst du sie auf, so schnell es geht. Alles klar?"

Steffen atmete tief durch. „Klar!"

Conrad kletterte in den Schacht hinein. Letzte Aktion, dann konnte er sich umziehen. Er atmete tief ein, dann wieder etwas aus, dann hielt er die Luft an und schob die Blase ins Rohr. Die Strömung riss sie ganz hinein, bis das Sicherungsseil straff zog. Dann stieg das Wasser rasant an. Die Blase verkantete sich. Conrad hielt mit aller Kraft dagegen. Er zog sie ein Stück gegen die Strömung zurück und drückte sie hinten nach unten, so dass sie gerade im Rohr lag. Schnell war er komplett unter Wasser. Die Kälte lähmte ihn, er fühlte es an den Nieren, dann im Unterleib. Er konnte sich nicht einmal bewegen, damit irgendetwas schneller ging. Er spürte nur, wie sich die Absperrblase mit Luft füllt und im Rohr verspannte.

Steffen pumpte, als ginge es um sein Leben. Nach unendlich langer Zeit kletterte Conrad klitschnass aus dem Schacht. Er zitterte am ganzen Körper und hatte blaue Lippen. Steffen war Angst und Bange zu Mute.

Conrad hatte Mühe zu sprechen. „Ich zieh mich jetzt um. Geh mal zum nächsten Schacht und guck rein, ob noch Wasser läuft." Conrad sah hastig zu Erik, der am Strudelbach zu schachten begann. Das Motorengeräusch des Baggers unter voller Last begleitete ihn, während er zum Bauwagen rannte. Noch nie hatte er sich so nach der wohligen Wärme der Gasheizung gesehnt. Von der Treppe aus sah er Victorias BMW oben an der Straße. Es hatte angefangen, leicht zu schneien, allerdings ohne dass die Flocken liegenblieben. Victoria fuhr nicht auf die nasse Wiese. Schnell verschwand Conrad im warmen Bauwagen.

Der Fußboden war eine einzige Pfütze in der seine Schuhe und seine nassen Sachen lagen. Conrad stand auf der Sitzbank neben der Heizung und versuchte, mit zitternden Händen die Wechselsachen anzuziehen, die seit Monaten unbenutzt in einem Beutel im Schrank hingen. Als er Unterwäsche und Hose anhatte, versagte die Gasheizung. Die Gasflasche war leer. „Das kann doch nicht wahr sein. Leckt mich am Arsch." Hatte sich am Ende alles gegen ihn verschworen?

Zum Schluss zog er Stiefelsocken und Stiefel an und eine gefütterte Regenjacke, die ihn noch nie begeistert hatte, weil er sich in ihr kaum bewegen konnte. Er setzte eine noch unbenutzte Mütze auf und ging nach draußen in den Schneeregen, wie ein Russe in Sibirien.

Steffen kam soeben am Bauwagen an. „Im nächsten Schacht läuft nix mehr. Scheint dicht zu halten."

„Na, ein Glück." Conrad zeigte mit dem Daumen über seine Schulter. „Gasflasche ist leer. Kannst du mal die Ersatzflasche dranmachen und die Heizung wieder starten?"

„Wie geht's dir?"

„Alles gut." Conrad lachte schon wieder. „Nächstes Wochenende ist der Extremlauf an der Pleiße. Gutes Training!"

Steffen atmete auf und begann zu lächeln. „Kriegen wir das Wasser abgestellt?" Er nickte in Richtung der zerstörten Freispiegelleitung.

„Das werden wir gleich erfahren." Mit großen Schritten ging Conrad auf Victoria zu.

Sie stand vor dem Rohrgraben, der über die Wiese kam. Der Strudelbach floss von rechts nach links und versperrte den Weg. Dann machte er eine leichte Biegung, schlängelte sich fast parallel zu ihrer bereits gelegten Leitung über die Wiese und verschwand in der Ferne. Neben ihm verlief die Freispiegelleitung. Sie hatte, genau wie der Bach, ein leichtes Gefälle, sodass das Wasser von allein in Richtung Rohrlingen floss, zu irgendeiner Aufbereitungsanlage der Wasserversorgung. Nur dass im Moment dort kein Wasser ankam, weil es ihren Graben flutete.

Victorias Blick schweifte über die Schotterbrücke mit den Ultraripp-Rohren zur anderen Seite des Strudelbachs. Sie schüttelte ungläubig den Kopf. „Da denken wir an alles mögliche, aber dass der Strudelbach über die Jahre mal sein Flussbett ändern könnte, fällt niemandem ein."

Conrad zuckte die Schultern. „Shit happens - Scheiß passiert, würden sie in Amerika sagen." Dann zeigte er auf den Jungen, der an der Bachbiegung stand und fasziniert Erik beim Baggern zusah. „Und der erste Schaulustige ist auch schon da."

„Mein Sohn Tristan." Victoria sprach leise und sah Conrad nicht an. „Ich hatte ihn gerade im Auto, als du anriefst." Es klang wie eine Entschuldigung.

Still sah Conrad genauer hin. Er betrachtete Tristan eine ganze Weile lang. „Scheint ihm hier zu gefallen. Bring ihn doch öfter mal mit." Conrad neigte den Kopf ein wenig zur Seite, suchte Victorias Blick und nickte ihr aufmunternd zu.

Tristan beobachtete gebannt, wie der große Kettenbagger auf der Stelle drehte. Erik hatte einen fast anderthalb Meter tiefen Verbindungsgraben vom Strudelbach bis kurz vor ihren Rohrgraben gezogen. Jetzt fuhr er seitlich neben den Verbindungsgraben, drehte noch einmal auf der Stelle und fuhr quer über den frisch geschachteten Graben, bis dieser genau unter ihm lag. Von dieser Position aus konnte er das restliche Stück bis zum Rohrgraben mit langem Arm in einem Zug ausschachten.

Der Rohrgraben war mittlerweile bis an die Grasnarbe vollgelaufen. Erik tauchte seinen Baggerlöffel am Rand ins Wasser, zog ihn durch die Erde und vollendete die Verbindung zum Strudelbach. Das Wasser aus dem Rohrgraben folgte seinem Löffel. Erik hob den Löffel mit der Erde in die Höhe und schwenkte zur Seite, um die Erde abzulegen. Das Wasser schoss im Graben entlang unter dem Bagger hindurch und ergoss sich als schmutzigbrauner Schwall in den Strudelbach.

Nun war ihr Graben nicht mehr ganz so voll und als der Netzmeister der Wasserversorgung ankam, konnten sie die kaputte Leitung knapp unter der Wasseroberfläche erkennen. Das änderte aber nichts daran, dass trotzdem noch keiner wusste, wo der Abstellschieber war.

Erik hatte seinen Bagger abgestellt. Mit einem Mal war es still. Stumm fielen die Schneeflocken zu Boden. Tristan bewunderte den Bagger noch eine Weile, dann fesselte ein fernes Geräusch seine Aufmerksamkeit. Ein großer, rostroter Toyota Pick-up kam von der Straße her über die Wiese gefahren.

Victoria hielt die Luft an. Gebannt sah sie Hans' Geländewagen schnell näherkommen. Der dumpfe Klang des Motors wurde lauter. Der ihr vertraute Wagen hielt zwanzig Meter entfernt neben Conrads Transporter.

Conrad studierte mit dem Netzmeister den alten Plan der Freispiegelleitung. Es war kein Maßstab angegeben. Eingezeichnete Gebäude der Gemeinde Wendlingen waren zu weit entfernt und die Windungen des Strudelbaches boten auch keine zuverlässigen Anhaltspunkte mehr. Sie versuchten zu erraten, wo der im Plan verzeichnete Abstellschieber nun tatsächlich zu finden sei.

Victoria sah, wie Hans ausstieg. Ihr Sohn kam auf sie zu und wollte mit ihr den Geländewagen anschauen. Er nahm ihre Hand. Gemeinsam gingen sie Hans entgegen.

Schon bevor er anhielt, hatte Hans den Jungen gesehen, der nicht auf die Baustelle gehörte. Von der Größe her konnte er fast erwachsen sein, aber er benahm sich nicht wie ein Erwachsener, auch nicht wie ein Jugendlicher. Hans stieg aus und erfasste in einem Moment die gesamte Situation. Er erkannte den Jungen. Es war der Junge, der am Behindertenheim über dem Zaun gelehnt hatte, der Junge mit dem Down Syndrom, der ihn so fröhlich angelächelt hatte. Und Victoria hatte ihn an der Hand.

Hans ging auf die beiden zu und in der kurzen Zeit, bis sie sich gegenüberstanden, wurde Hans alles klar, was zwischen Victoria und ihm nicht stimmte. Warum sie ihn nie zu sich eingeladen hatte. Warum sie oft eine Einladung ausgeschlagen hatte, ohne einen Grund zu nennen. Warum sie manchmal während der schönsten Erlebnisse nachdenklich wurde, als ob irgendetwas fehlte, als ob sie traurig darüber war, dass dieser Junge das nicht miterleben konnte.

Nun also kannte Hans die Antwort auf alle Fragen. Victoria hatte Angst, dass ihre Beziehung vorbei wäre, wenn sie ein behindertes Kind mitbringen würde. Aber Hans war kein Mensch, der jetzt mit irgendwelchen Vorwürfen oder Diskussionen alles noch schwerer machte. Im Gegenteil, er war glücklich, dass ihre Beziehung nun von allen Geheimnissen befreit war. Ein Lächeln breitete sich auf seinem Gesicht aus, das in frohes Strahlen überging.

Und auch Victorias Gesicht war ein Spiegel all ihrer Gefühle. Zuerst angespannt, dann beschämt, entschuldigend, traurig, während sie nach unten sah und Hans nicht in die Augen blicken konnte. Dann erleichtert und überrascht, weil sie nicht erwartet hatte, dass Hans nicht eine Sekunde lang enttäuscht von ihr war. Und am Ende überglücklich, weil Hans ganz offen mit ihnen redete, als sie sich gegenüberstanden.

„Na, wie geht's euch?"

Victoria brachte noch kein Wort heraus.

„Ganz gut." Tristan sprach undeutlich und etwas langsam. Er ließ Victorias Hand los und schaute interessiert an Hans vorbei. „Cooler Geländewagen, Seilwinde auch, der kommt überall durch."

Hans blickte über die Schulter zu seinem Pick-up zurück. „Willst du den mal anschauen?"

„Ja." Tristan ging strahlend auf den Wagen zu.

Hans sah Victoria in die Augen. „Hey! Dein Sohn?"

„Ja." Mehr konnte Victoria nicht sagen. Sie versuchte, das Glück zu erfassen, das ihr gerade Zuteil wurde.

Hans wandte sich an Tristan. „Wie heißt du?"

„Tristan. Und du?"

„Ich bin Hans."

„Toyota." Tristan erkannte das Zeichen am Kühlergrill. Staunend ging er um den Geländewagen herum. Die groben Stollenreifen hatten es ihm angetan. „Coole Räder, damit kommst du überall durch."

„Und, willst du dich mal reinsetzen?"

Tristan begann zu strahlen. „Ja, aber nicht fahren, das kann ich nicht."

„Nein, nur mal zum Üben." Hans öffnete die Fahrertür und zog den Zündschlüssel ab. Er ließ Tristan in den Wagen klettern. Obwohl der Junge Schwierigkeiten hatte, half Hans ihm nicht. Tristan freute sich, als er es geschafft hatte und ergriff das Lenkrad.

„Hey, gut gemacht, Tristan! Dann mal los."

„Ja, nur zum Üben."

„Okay." Hans schloss vorsichtig die Tür.

Victoria schüttelte leise den Kopf. „Es tut mir leid."

Hans nahm sie in die Arme. „Muss es nicht."

Und so standen sie eine Weile eng umschlungen und von einer großen Last befreit.

Bis Victorias Handy klingelte. Erich rief an. Victoria erschrak. Wenn er anrief, anstatt herzukommen, bedeutete das nichts gutes. Sie stellte auf Lautsprecher, so dass Hans etwas mitbekam.

„Kann ich Hans mal sprechen?"

Victoria fragte sich, woher Erich wissen konnte, dass Hans in der Nähe war. Sie hielt Hans das Telefon hin.

„Hallo Erich, was gibt's?"

„Erst arbeiten, dann umarmen!"

Erschrocken sahen Victoria und Hans sich um und entdeckten Erichs SUV oben an der Straße.

Erich redete gleich im selben lockeren Ton weiter. „Ich denke, du hast Feierabend? Oder arbeitest du jetzt bei Schachtbau mit? Komm mal hoch zur Straße mit deinem Geländewagen. Meiner sieht nur so aus. Ich hab Angst, auf der Wiese stecken zu bleiben, wenn's noch mehr schneit."

Hans überredete Tristan, auf einem der Notsitze in der zweiten Reihe Platz zu nehmen. Zwischen Victoria auf dem Beifahrersitz und Hans hinter dem Lenkrad schaute Tristan nach vorn. Er sah begeistert zu, wie Hans startete und nach einer sanften Schleuderdrehung zurück zur Straße fuhr.

Dort angekommen, stiegen Hans und Victoria aus.

Erich ging um sein Auto herum und öffnete die Beifahrertür. „Darf ich vorstellen, Rolf Stellap. Mein ehemaliger Lehrmeister."

Rolf kletterte in Zeitlupe aus dem Wagen. Seine sechsundachzig Jahre sah man ihm deutlich an.

Erich öffnete nun auch die hintere Autotür, zerrte einen Rollator von den Rücksitzen und schob ihn Rolf hin. Er grinste. „Wenn ihr noch einen Baggerfahrer oder Rohrleger aus dem Altersheim braucht, fahr ich gern nochmal hin."

*

Rolf hatte es mit dem Rollator mühevoll bis zu Hans' Beifahrertür geschafft. Hans war mit ihm und Tristan dann ganz knapp an die geflutete Baugrube herangefahren. Victoria und Erich kamen zu Fuß von der Straße herunter. Alle anderen standen um die Grube herum.

Rolf lehnte sich aus dem Fenster. „Hättet ihr mich heute morgen gefragt, ich hätte gesagt, die Leitung liege auf der anderen Seite des Baches." Er zeigte zu dichtem Gestrüpp, das in hundert Meter Entfernung zwischen dem Bach und Wendlingen wucherte. „Da hinten ist der Schieber, da ist die Leitung wirklich auf der anderen Seite. Lass mal da über eure Brücke fahren."

Und so begann die Odyssee der Abstellersuche. Tristan hatte großen Spaß, denn Hans fuhr mit Allradantrieb kreuz und quer durch das Gestrüpp. Conrad und Steffen versuchten zu folgen, mit Hacke und Schaufel bewaffnet. Die Landschaft hatte sich verändert. Rolf hatte keine Ahnung, wo der Schieber zu finden sei. Es war wie beim Rätselraten.

Er versuchte sich zu erinnern. „Hier hatten wir mal

Frühstückspause gemacht. Schönstes Sommerwetter, und dann waren wir bis zum Feierabend sitzengeblieben. Gustav und Bernd hatten nämlich aus dem Konsum einen Kasten Bier mitgebracht. Und der Meister war im Urlaub. Wie wir hier saßen, hatte ich das Schild vom Schieber im Blick. Es stand irgendwo da vorn." Rolf zeigte in die Ferne und lachte vor sich hin. „Später am Tag, nach dem Kasten Bier, schien es uns, als würden dort zwei Schilder stehen."

An anderer Stelle wäre er der hübschen Tochter vom Pfarrer begegnet. Sie wären zusammen über die Wiese gebummelt, am Schieber vorbei. Er suchte ständig neue Blickwinkel, meinte, er hätte vom Abstellschieber aus die Kirche von Wendlingen hinter einer Scheune aufragen sehen. Dann erkannten sie, dass aus der Scheune mittlerweile ein Wohnhaus geworden war. Aber wo genau in der Flucht Kirche-Wohnhaus war die Kreuzung mit der Freispiegelleitung?

Der Netzmeister rannte mit einem piependen Metallsuchgerät durch den Schneeregen. Erik hatte seine Wünschelrute aus dem Bagger geholt. Aber Steffen fand zum Glück unter Holundergestrüpp eine abgebrochene, total verrostete Stange. Hier war früher das Schild für den Abstellschieber gewesen.

In diesem Moment kam Rolf ein Bild in den Sinn. Er wusste plötzlich ganz genau, wo in Bezug auf die alte Stange gesucht werden musste. Rolf lehnte sich aus dem Fenster des Geländewagens und dirigierte Conrad und Steffen zu einer Stelle, an der Steffens Hacke plötzlich auf Metall schlug.

Die Schieberkappe war gefunden, aber der Deckel ließ sich nicht öffnen. Kurzerhand grub Conrad die Kappe aus und kullerte sie zur Seite. Da war der Schieber, aber das Gestänge ließ sich nicht drehen. Sie steckten zwei Rohre, die der Netzmeister immer im Auto hatte, als Verlängerung auf die Griffe des Schieberschlüssels und mit vereinten Kräften konnte der Schieber geschlossen werden.

Den Wassermeister von Schachtbau hatte Victoria vom Weihnachtsbuffet weggeholt. Es war noch immer der alte Juri, den Hans von früher kannte. Er warf einen Notstromer an und begann, mit einer Tauchpumpe den Rohrgraben auszupumpen.

Der alte Schieber verschloss die Freispiegelleitung nicht hundertprozentig. Ein wenig Wasser lief noch aus dem zerbrochenen Gussrohr, als Erik die kaputte Leitung rechts und links mit dem Bagger teilweise freilegte.

„Na dann, UB 1!" Lachend trieb Erich Glockner Steffen und Conrad an, die mit Schaufeln die Leitung komplett freigruben, so dass der alte Juri mit moderner Technik die kaputten Rohrenden gerade schneiden konnte.

Es war wie bei einer Vorführung auf dem Jahrmarkt. Die Akteure schwitzten und fluchten in der matschigen Baugrube, während aus Geländewagenfenstern und vom Wiesenrand her gut gemeinte Ratschläge und unsinnige Kommentare gegeben wurden.

Dann schätzte Juri in der Abenddämmerung die Länge des wiedereinzubauenden Gussrohres ab und schüttelte den Kopf. „Ich hab glücklicherweise zwei Universalverbindungen für 250er Gussleitungen, unabhängig von deren Wandstärke, also auch für dieses uralte Gelumpe hier. Aber wir haben auf dem Bauhof kein fünf Meter langes 250er Gussrohr, um die Lücke zu schließen. Da habt ihr ganz schön zugelangt."

Hans rief vom Grabenrand in die Runde. „Der alte Munk! Auf seinem Schrottplatz in Eisenbergen, oben am Zaun, hab ich so ein Rohr gesehen. Ich bin sicher, das war ein 250er."

„Und wie bekommen wir das hierher? Einen LKW kriegen wir heute nicht mehr." Juri runzelte die Stirn. „Und unsere eigenen Fahrer haben auf der Weihnachtsfeier garantiert schon genug getrunken."

„Der alte Munk hat doch einen LKW!" Victoria erinnerte sich an die Heizkörperaktion in Sandhain.

Hans grinste. „Der alte Munk ist um diese Zeit aber auch schon besoffen."

„Wir könnten doch seinen LKW borgen."

„Und wer soll den fahren?"

„Ich hab da jemanden!" Victoria strahlte Hans an und holte ihr Telefon hervor.

„Okay, dann fahr ich mal nach Eisenbergen und handle den Preis aus."

„Lass mich das mal machen." Erich Glockner grinste übers ganze Gesicht. „Ich hab bei dem alten Falschwäger noch was gut. Den scheuch ich gerne mal auf." Er nickte Hans zu. „Bring du mal lieber Rolf zurück ins Altersheim, nicht dass die den noch suchen."

Rolf lehnte sich aus dem Seitenfenster und schlug

protestierend mit der flachen Hand gegen das Tür-blech. „He, ich hab bis um zehn Ausgang! Lass mal hier fertig bauen und dann laden wir uns alle zu dieser Weihnachtsfeier bei Schachtbau ein. Die können ruhig mal einen ausgeben!" Er lachte vor sich hin. Das war mit Abstand der abwechslungsreichste Tag, den er seit seinem Einzug ins Altersheim erlebt hatte. Rolf wollte, dass der Spaß noch eine Weile anhielt.

*

Victoria hatte ihren Vater angerufen und ihn gebe-ten, Munks alten W50 mit dem 250er Gussrohr durch die Dunkelheit zu fahren.

Es war für Victorias Vater ein schönes Gefühl, den uralten LKW zu steuern. Selbst die Kommentare des Schrotthändlers ließ er über sich ergehen. Der alte Munk hatte unbedingt mitfahren müssen und hielt sich auf dem Beifahrersitz an seiner Bierflasche fest.

Irgendwann war die Freispiegelleitung im Schein-werferlicht von Eriks Bagger repariert. Der alte Schie-ber wurde wieder geöffnet und die Universalmanschet-ten auf Dichtheit geprüft.

Tristan und Rolf unterhielten sich in Hans' Gelän-dewagen. Alle anderen standen noch am Rand der tro-ckengelegten Baugrube und hofften, dass die reparierte Leitung auch dicht bliebe. Keiner sprach. Jedem ging etwas anderes durch den Kopf. Oben an der Straße hielt unbemerkt ein großer, dunkler Wagen.

Die Leitung blieb dicht und die vorherrschende Winterkälte machte sich daran, die Versammlung aufzulösen. Doch kurz vorher tauchte der Chef von

Schachtbau im Licht von Eriks Bagger auf. Alle hielten die Luft an.

Der Chef trug einen Anzug und Gummistiefel. Das passte überhaupt nicht zusammen. Er ging bis an den Rand des Rohrgrabens und schaute hinein. Dann schweifte sein Blick durch die Dunkelheit, die ganze Wiese entlang. Es schien, als würde ihm erst jetzt bewusst werden, welch lange Strecke Conrads Truppe in drei Monaten verlegt hatte.

„Gute Arbeit!" Er war früher Maurer gewesen, hatte sich bis zum Geschäftsführer hochgearbeitet, aber seine Herkunft nie vergessen. Er suchte Conrad, Erik und Steffen zwischen den Arbeitern. „Und ihr schafft den Rest bis Weihnachten?"

„Das war doch der Plan, oder?"

„Gut." Der Chef nickte zufrieden. Dann fuhr er nachdenklich fort. „Ihr habt eine schöne Feier verpasst."

„Ging wohl nicht anders."

„Ja, Schade."

„War leider nicht zu ändern."

„Kann man halt nicht vorher wissen."

„Vielleicht nächstes Jahr?"

Der Chef sah in die Runde. „Nein, nicht nächstes Jahr. Heute! Es ist noch jede Menge zu Essen da. Ihr seid alle eingeladen. Jetzt gleich, ohne euch umzuziehen, ihr müsst doch Hunger haben."

Das zustimmende Gemurmel der Anwesenden wurde von Rolf übertönt. „Und Durst auch!"

Erik stellte seinen Bagger ab und Steffen schloss den Bauwagen zu, dann stiegen sie zu Conrad in den

Transporter. Der kam auf der nassen Wiese jedoch nicht von der Stelle.

Victorias Vater chauffierte wieder den alten Munk, der Freibier witterte. Der Netzmeister der Wasserversorgung, Juri, Erich und Victoria fuhren mit ihren Autos dem Chef hinterher.

Hans hatte Rolf und Tristan als Passagiere. Sie feuerten ihn an, als er Conrads Transporter zur Straße schleppte. Ungeduldig sahen sie der Feier entgegen, da Hans mit seinem schweren Geländewagen der letzte war, der zu später Stunde auf dem Hof der Firma Schachtbau neben dem alten UB 80 Bagger parkte.

Victoria und ihr Vater hatten auf sie gewartet. Tristan freute sich riesig, als alle gemeinsam zum Bürogebäude gingen. Er strahlte übers ganze Gesicht und machte eine überschwängliche Geste mit den Armen. „Wir könnten doch eine richtige Familie sein."

Hans und Victoria sahen sich mit leuchtenden Augen an. Victorias Vater deutete auf Rolf, der seinen Rollator hinterherschob. „Ja, und Rolf immer mal im Altenheim besuchen."

„Und mir beim Sterben zugucken, oder was?" Rolf lachte auf und winkte ab. „Holt mich lieber mal wieder raus, so wie heute!"

Zwölf

Die Feier war aus der Werkstatthalle in den Konferenzraum des Bürohauses verlagert worden. Es wurden ja keine hundert Mann mehr erwartet. Zwei Sekretärinnen waren länger geblieben und hatten bereits umgeräumt.

Hier war es gemütlich, während draußen in der Dunkelheit die Schneeflocken tanzten. An den Wänden standen Glasvitrinen mit uralten Arbeitsgeräten, Kleintechnik aus DDR-Zeiten und Modellen von Baufahrzeugen. An den Wänden hingen großformatige Fotos von aufsehenerregenden Baustellen. Da waren übergroße Kettenbagger in Aktion, ein fünffachsiger Autokran ließ einen riesigen Schacht über die Dächer von Einfamilienhäusern schweben, eine fünfundzwanzig Meter hohe Wasserfontäne stand mitten in einem Wohngebiet. Ein Bild zeigte eine Straße, die mitsamt Fußwegen auf der gesamten Breite und Länge einen halben Meter tief abgeschachtet war. Einzig drei PKWs, deren Besitzer sich nicht an das Parkverbot gehalten hatten, thronten auf drei Inseln zwischen den Häusern.

In der Mitte des Raums stand die weihnachtlich geschmückte Tafel, an der alle Platz genommen hatten. Bevor das Essen und Trinken losging, hielt der Chef eine Kurzversion seiner Ansprache vom Nachmittag.

Henri hatte die Firma verlassen müssen. Seine letzte Baustelle war in einem kleinen Dorf gewesen. Er hatte, wie schon oft, Rohre, Sand, Schotter oder anderes Baumaterial heimlich und auf eigene Rechnung an die Dorfbewohner verkauft und die Sachen dann als gestohlen gemeldet. Diesmal hatte er es aber übertrieben. Im Ort gäbe es nur Lumpen und Verbrecher. „Hier fehlen doch schon wieder Rohre. Die klauen wie die Raben. Wir können doch nicht noch eine Nachtwache aufstellen!"

Jedenfalls konnten das einige Dorfbewohner nicht auf sich sitzenlassen. Henri hätte dann alles zugegeben und seinen Hut genommen.

Die kurze Vorschau auf das nächste Geschäftsjahr ließ Erich Glockner aufhorchen. Großaufträge gab es immer weniger, es kam darauf an, mehr Kleinbaustellen mitzunehmen, damit die Firma weiterhin gut lief.

Der Chef bedankte sich herzlich bei allen Mitarbeitern und beendete seine Rede. „Also, dann mal Guten Appetit!"

Er hatte seinen Platz noch nicht erreicht, da saß Erich Glockner mit seinem Teller und einem Glas Bier schon neben ihm. Eine halbe Stunde später waren sie sich einig, dass die Firma Schachtbau die Firma Glockner komplett übernehmen würde.

Übermütig schlug Erich Hans auf die Schulter. „Da kannst du dann deine Freundin jeden Tag sehen."

„Ach, vielleicht setze ich mich auch zur Ruhe." Hans grinste Erich an. „Ich könnte Bücher schreiben, Geschichten über den Bau und so …"

Der alte Munk und Victorias Vater erzählten LKW-Geschichten von früher. Erik gab ein paar Baggerweisheiten dazu und Steffen kam aus dem Lachen nicht heraus.

Rolf diskutierte derweilen mit dem Netzmeister die Prinzipien der Wasserversorgung.

Hans bat den alten Juri, die Geschichte von ihrem Schuss in den Gewölbekeller zu erzählen. Victoria hörte gespannt zu und hatte den Eindruck, dass Juri noch mehr übertrieb, als Hans damals in ihrem Auto.

Conrad lenkte das Gespräch dann wieder auf den Extremlauf nächste Woche.

Hans konnte sich schlussendlich nicht mehr davor drücken. „Okay, ich mache noch mal mit." Er stieß Conrad an. „Du kannst mich auf der Strecke ja aus dem Schlamm ziehen." Dann beugte er sich zu Victoria hinüber. „Und du musst mich nach dem Lauf wieder aufpäppeln."

Sie steckten die Köpfe zusammen und beobachteten Tristan, der mit Modellen von Baumaschinen spielte, die der Chef für ihn aus einer Glasvitrine geholt hatte.

In einer anderen Vitrine lag die allererste Maurerkelle des Chefs. Und daneben war eine alte Spitzschaufel ausgestellt.

Auf einem Schild zur Erläuterung stand UB 1.

Ende

Erdfall in der Nähe von Magdala (Thüringen).

Schlusswort

Meine Tochter Nicole war während des Schreibens mein größter Fan und ihre Hinweise und ihre Kritik waren mir stets willkommen. Sie hat auch großen Anteil an der Umschlaggestaltung. Vielen lieben Dank!

Ganz herzlich bedanke ich mich auch bei Steffi Gläser und ihrer zauberhaften Familie für Probelesen und unschätzbare Hinweise zur Beschreibung des Baugeschehens und zur deutschen Sprache.

Ebenfalls vielen Dank an alle anderen Probeleser für eure kostbaren Hinweise.

Im Internet gibt es eine sehr schöne Seite über alte Baumaschinen (ddr-baumaschinen.de). Auch die Homepage von Herrn Gerd Lintzmeyer ist sehr interessant. Vielen Dank für diese Einblicke!

André Pfeifer
Juni, 2020

andre-pfeifer.de

André Pfeifer
Das Phönix Projekt

Wie weit würdest Du gehen
um unsere Erde zu retten

In einem alten Text finden fünf Jugendliche Hinweise auf ein geheimes Projekt. Daraufhin stellen sie ihre Welt in Frage und stoßen auf ein Geheimnis von ungeahnten Ausmaßen …

Im Buchhandel für nur 7,90 €
ISBN 978-3-7357-2065-8

André Pfeifer
Silvesternacht
Erinnerungen an die DDR

In einer Silvesternacht begegnen Jugendliche einem älteren Mann. Er erzählt die Streiche seiner Kindheit in der ehemaligen DDR und verfolgt damit ein ganz bestimmtes Ziel …

Im Buchhandel für nur 5,90 €
ISBN 978-3-7322-9748-1